后浪出版公司

The Cinnamon Shops and Other Stories

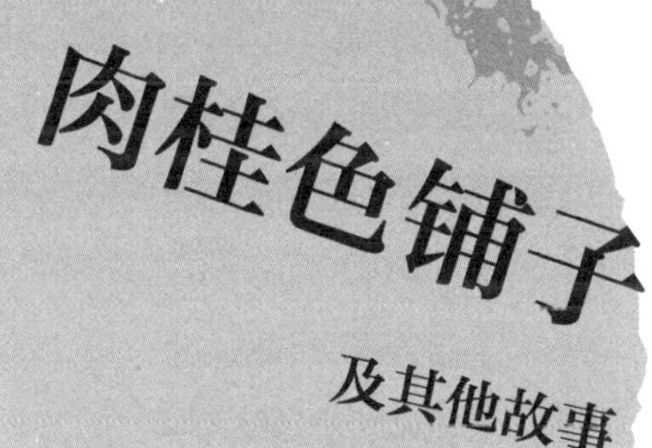

肉桂色铺子

及其他故事

[波兰] 布鲁诺·舒尔茨 Bruno Schulz 著

陆源 译

四川人民出版社

目　录

肉桂色铺子 / 5

八月 / 7

显圣 / 17

鸟 / 25

人体模型 / 31

论人体模型（或创世书的第二卷） / 38

论人体模型（续篇） / 43

论人体模型（终篇） / 45

尼姆罗德 / 51

潘 / 57

卡罗尔先生 / 63

肉桂色铺子 / 67

鳄鱼街 / 79

蟑螂 / 91
狂风 / 97
盛季之夜 / 105

集外 / 119

秋天 / 121
梦想共和国 / 129
彗星 / 139
祖国 / 161

随笔 / 169

传奇的诞生 / 171
现实的神话建构 / 177
来自布鲁诺·舒尔茨的创作室 / 181

译后记 / 183

肉桂色铺子

八月

1

七月，父亲去温泉浴场疗养，撇下我、母亲和哥哥，让我们任由炎热而灼人的苍白夏日摆布。炫目的阳光下，我们沉迷于那本宏伟的假日之书，其纸页如烧如焚，淌着金黄梨子的甜美果浆。

流光溢彩的早晨，阿德拉从外面回来，宛若波莫娜[①]从清朗白昼的火焰中显形，她菜篮中五色斑斓、美轮美奂的朝晖不断往外倾泻：樱桃闪闪发亮，透明的表皮下汁液饱绽，神秘黑莓的芬芳比它们的口感更胜一筹，而杏子金灿灿的果肉蕴含了那些悠长下午的精髓。这首水果的纯诗旁边，她还倾倒出富含营养、状如琴键的小牛排，以及死章鱼或死海蜇似的藻类蔬菜。这堆食材是

① 波莫娜（Pomona），罗马神话中的果树女神。——译注（本书注释均为译者所加，以下不再逐一标注。）

为一顿风格未明的正餐而准备的，是产自大地的绿色烹饪原料，还散发着清新质朴的乡野气息。

这个非凡夏季的每一天，在市集广场，以下事物均会穿过某座公寓楼二层一间昏暗的房屋：闪闪烁烁的寂静气流、地板上沉浸于狂热美梦的明亮方块、从白天金色的脉管深处升起的手风琴旋律，以及一遍又一遍弹奏的两三个小节的钢琴曲，它们游荡在阳光炙烤的发白人行道上，消失于正午时刻的炽焰之中。阿德拉做完家务，放下亚麻窗帘，屋内一片幽暗。各种颜色立即降低了八度，房间被阴影笼罩，犹如浸入深海，仍朦朦胧胧映照在碧波之镜里，而窗帘正承受着晴昼全部的灼热喘息，伴随午间的睡梦轻轻摆荡。

星期六下午，我和母亲通常会出去散步。穿过昏暗的走廊，我们随即迈入明朗灿烂的白昼。路人在金辉中跋涉，眼睛好像沾满了蜜糖，不得不半眯着抵挡强光。他们一个个掀唇露齿，在这熔金流布的昼间，顶着炎炎酷暑，套着千篇一律的鬼脸，仿佛烈日给每一位信徒配发了相同的面具：太阳教派的金面具。老老少少，男男女女，那天凡是走在大街上的，只要交错而过，无不戴着这张面具互相致意，脸庞涂抹着厚厚一层金色颜料。他们冲对方龇牙咧嘴，展现酒神般狂放的笑容，那异教崇拜的野蛮假面。

盛暑令市集广场空空荡荡，滚烫发白，如《圣经》里描绘的荒漠般刮起热风。多刺的金合欢，从这片焦黄广场的虚无中萌发生长，闪亮的叶子在翻滚沸腾，而那一束束华贵的绿色锦缎，如同旧挂毯上编织的树丛。乍一看，似乎反倒是它们激起了一阵狂风，引人注目地摆弄自己的冠冕，其实只不过想以浮夸的弯折之姿，炫耀它们贵族狐裘般银白色底面的优雅绿荫。日复一日被风擦净磨亮的老宅子，染上了一抹广阔大气的反光，以及那些散落在绚丽苍穹最深处的色彩所存留的回声和记忆。看来大约是无数个世代的夏天已将虚假的漆层剥去，好比耐心的泥瓦匠刮掉旧屋子的发霉墙皮，使房舍的真容日渐清晰地显现，这些命运的样貌早就由生活从内部塑造而成。此刻，窗户在沉睡，空寂广场的刺眼光线把它们统统掩盖遮挡；阳台向天宇袒露自己的空虚；敞开的大门流溢着凉爽的气息与葡萄酒的馥郁。

一大群衣衫褴褛的小叫花子逃进市集广场的角落，躲避灼人热浪的扫荡，他们正在围攻一堵断垣，不断朝它扔纽扣和硬币，仿佛可以借助那些金属小圆盘构成的星象图，来破解墙面上有如象形文字的刮痕与裂缝所隐藏的真正秘密。除了他们之外，广场空无一人。不难料想，堆满酒桶的拱形入口随时都有可能冒出一匹撒玛利亚人①的驴子，在摇曳的金合欢树荫下由一根缰绳牵着，而两名侍者将伤者小心翼翼地抬下滚烫的鞍座，搀扶他缓缓走进拱廊，踏上阴凉的阶梯，抵达那个散发着安息日圣餐浓烈香味的楼层。

我和母亲继续沿着市集广场落满日焰的两侧悠闲漫步，引领我们破碎的影子掠过房屋，如同游走于琴键之上。铺路石徐徐流

---

① 撒玛利亚人（Samaritan），典出《圣经》。一个犹太人被强盗打伤，神殿祭司和利未人路过而不施救，唯有一个撒玛利亚人路过，不顾教派隔阂帮助受伤的犹太人，将他送入旅馆。撒玛利亚人由此引申为好心人、见义勇为者。

经我们轻盈的脚底，它们中有些呈淡粉色，好像人类的皮肤，有些呈金黄色或灰蓝色，在阳光下无不平整、温热，犹如天鹅绒，又如因受踩踏而面目全非的晷盘，通往神圣的虚无。

最终，在斯特雷伊斯卡大街的拐角，我们步入药房的阴影里。宽敞的橱窗里摆放着一大罐覆盆子汁，以象征所售香膏的清凉，使用它似乎可缓解任何疼痛。又走过几座房子，这条街道慢慢失去城镇的派头，就像一个人重返故乡的小村庄，沿路一件一件脱掉自己的节日礼服，离家越近，越是逐渐变回一名破衣烂衫的农夫。

郊区的屋舍在下沉，窗户以及其余的一切，均淹没于各自小花园繁盛的姹紫嫣红之中。形形色色的鲜花野草，已遭伟大的日子遗忘，在天光的映耀下葱茏郁勃，无声绽放，欣喜于这一停顿，并借此超越时间，在无穷白昼的边缘入梦片刻。一株饱受象皮病摧残的巨硕向日葵，花盘由粗壮的梗茎撑到半空，它身披黄色丧服，等待着哀伤的生命尾声，被自己畸形的肥大臃肿压弯。但是，朴实无华的风信子和稚气未脱的小野花无奈地站在一旁，穿着浆过的粉红色和白色的短衬衫，并不理解向日葵的悲惨境遇。

2

密密层层的杂草、牧草和蓟草在午后的烈焰里噼啪作响。昏睡的花园回荡着苍蝇的嗡嗡声。阳光下，铺满麦茬的金黄农田如褐色的蝗群不住嘶吼，蟋蟀在猛烈倾注的火雨中骇鸣，豆荚轻声爆裂，好似蚱蜢。

围栏旁，青草的皮大衣向上隆起，形成一个小丘，犹如花园在梦里翻了个身，它那如农夫般宽阔的双肩正不断吸入泥土的宁谧。此地，盛极的八月既蓬乱又富于成熟妇人的风韵，蔓延至巨大牛蒡丛的沉寂山谷之中，支配着它们锡箔般浓密、舌头般肥厚的繁茂绿叶。那些突起的刺果一簇簇充斥遍野，好像农妇们半裹在自己飞荡的裙子里。此地，花园免费提供野丁香、臭肥皂、稠厚的车前草粥、狂放的烈性薄荷酒，以及所有最劣等的八月破烂货。然而，围栏的一侧，在那愚不可及的杂草如痴如狂地勃发的夏季暗穴之外，是一个长满蓟属植物的垃圾堆。没人知道，八月的异教徒盛宴正是在此处举行的。垃圾堆上面，有张野丁香簇拥、紧挨围栏的睡床，属于傻姑娘图雅。大家都这样称呼她。那堆残渣废料、旧坛罐、拖鞋、瓦砾和污泥的顶端，是她漆成绿色的卧榻，它由两块砖头支撑，一条腿已不见踪影。

废墟上方，滚热的空气纵横流荡，被太阳烤得发疯的马蝇闪电般掠过，它们噼呖啪啦响个没完，似乎是众多无形的摇铃，足以令人烦躁欲狂。

图雅蹲在黄色的毯子和碎布中间。她硕大的脑袋上覆盖着一头浓密的黑发，脸孔像手风琴的风箱。有时候一副痛苦不堪的怪相折叠成上千条纵向褶子，不过她惊讶迷惑的表情很快又伸展开来，将皱纹抚平，露出小眼睛、湿乎乎的牙龈，以及肉感凸唇后面的两排黄齿。炎热和无聊中，图雅一连几个钟头喋喋不休，似醒非醒，喃喃低语并且不停咳嗽。密密麻麻的苍蝇落在这个昏睡者身上。但是突然间，整堆脏兮兮的碎布条、破麻线和烂绒团开始移动，仿佛是一窝新生老鼠的抓挠使之活力陡增。大群苍蝇醒来，惊恐万状，形成巨大、咆哮的云块升上天空，充满愤怒的嗡鸣、闪烁和灼耀。散落的破布如受惊的耗子遍布垃圾堆，而那团核心兀自将它们摆脱，并慢慢地解开无数缠绕。垃圾堆的内核已剥去表皮。这个半裸而昏昧的傻姑娘像一位异教女神，凭两条羸弱的细腿缓缓站直。她的脖子因一股怒火而肿胀，面颊因恼恨而暗暗发红，鼓起的静脉图案犹似原始人涂画的花团纹样，她一阵尖啸，动物般嘶哑的声音，源自她半神半兽的胸膛里生长的气管以及每一根支气管。饱经烈日烧灼的大蓟狂嚷不已，牛蒡鼓胀，展露它们寡廉鲜耻的肉体，杂草在滴淌它们亮晶晶的毒涎，而那个白痴姑娘，仍以喑哑的嗓子竭力喊叫，并猛烈抽搐，用她肥大的乳房挤蹭一棵老树，放荡的情欲使之持续迸发叽叽嘎嘎的轻响，如同受到整个可怕大合唱的煽动，堕落为极不自然的淫邪交媾。

图雅的母亲玛丽斯卡替人做家务，为他们刷地板。她是个矮小的妇女，脸色有如姜黄，她去穷人的住所清洗地板，擦拭杉木桌子、长凳和楼梯栏杆时，会使用少量的姜黄粉。有一回，阿德拉带我去老玛丽斯卡家。那是个大清早，我们走进一间四壁发蓝的小屋子，地板上全是踩过的泥土和草梗，房舍处在明灿灿的浅黄色阳光的照射下，墙头的乡村挂钟的刺耳叮噹声打破了初晨的静谧。蠢笨的玛丽斯卡躺在一个塞满麦秆的箱子里，脸色苍白，好似一块圣饼，又像一只脱掉的空手套纹丝不动。趁她还没醒来，寂静一个劲儿喋喋不休，这黄澄澄、亮闪闪的恶毒寂静自言自语，不停争辩，大声而粗俗地发表它癫狂的独白。玛丽斯卡的时间——囚禁在她灵魂内部——流淌到体外，在屋子里到处乱窜，不仅真实得让人惊骇，而且喧声阵阵，步音隆隆，简直可恨之至，它们在这个明亮的宁寂清晨滚滚升腾，犹如一团变质的面粉，产自那座风磨似的吵闹挂钟，松散易碎，满是精神错乱的愚昧痴蠢。

3

在那些环绕着棕色栅栏、被花园浓荫遮蔽的村舍当中，有一座是我姨妈阿佳塔的住所。每次我们去探望她，走进花园，就会看见许多固定在细杆子上的五彩玻璃球，粉色的、绿色的、紫色的，呈现一个个晶莹剔透的完整世界，好像精美绝伦的肥皂泡所围裹的一幅幅幸福幻景。

走廊昏暗，墙上的老旧石版画布满霉点，因年深日久而模糊不清。我们再度闻到一缕绝非陌生的气息。这熟悉的往昔气味，乃是画中人生活的浓缩，奇妙而又平凡，融合了他们种族的精华、血脉的特质和命运的秘密，并交织在各人不知不觉、日复一日流逝的隐秘时光之中。饱含智慧的古老房门，用黑沉沉的叹息接纳人们走进走出，如同一个寡言少语的见证者，目送母亲和子女来来去去，它悄然开启，仿佛仅仅通往一座衣柜，我们由此闯入主人的生活。他们似乎坐在宿命的阴影里，毫无抗拒之意，以最初的笨拙姿势向我们讲述其秘闻。而我们不也是借由血脉和命运，与他们息息相通吗？

蓝色的皇家壁纸上布满金色纹饰，致使客厅幽暗而光线柔似天鹅绒，但即便是这里，炎昼的回音依然穿过花园的层层绿荫，在黄铜画框上，在门把手上，在镀金的壁脚板上闪动。阿佳塔姨妈离开靠墙的座椅前来迎接，她身形庞大而丰满，圆润白腻的肉体上长着锈红色的雀斑。我们在他们身旁坐下，像是位于他们生活的边缘，他们如此彻底地暴露自己，让人挺不好意思。我们喝了些玫瑰糖水，这饮料相当奇特，我几乎从中捕捉到那个闷热星期六最深处的真髓。

姨妈抱怨个不停。这是她一贯的说话方式。发自她白胖躯干的声音，似将游离身外，仅仅松散随意地限制在她形体之内，而即使受到束缚，它仍时刻准备复制、分裂，并充斥整个家庭。这几乎是一种自我繁殖，是她放纵的、病态扩张的女性特质。

仿佛最微量的雄性之风、一丝半缕烟草味儿，或一名单身汉的粗俗笑话，便能够点燃这股子狂野的女人气，开启它淫荡的单性繁殖。她所有对丈夫或仆从的抱怨，所有对孩子们的忧虑，只不过是她反复无常的、并未满足的生殖欲望，是她粗鲁、恼怒、眼泪汪汪的撒娇卖俏之举的必然延续，她徒劳地用它们来折磨自己的丈夫。马雷克姨父矮小且驼背，满脸清心寡欲的神色，坐在他灰蒙蒙的潦倒之中，并于无尽轻蔑的暗影下安贫知命，似乎轻松裕如。来自花园的遥远光芒漫过窗户，在他灰色的眼睛里闪耀。有时候，他试图用软弱无力的姿态表示反对或抵制，但是一通傲慢的雌威毫不在意地将他无足轻重的提议冲到一旁，骄横跋扈地从他身上碾过，以汹涌澎湃之势把他男子气概的微弱火苗彻底淹没。

那毫无节制的生殖欲中蕴含着某种不幸。这是挣扎于虚无和死亡边界的生灵所承受的痛苦，是女性的英雄主义。她们以繁育后代来战胜先天缺陷，战胜男人的匮乏。然而，她们的子嗣揭示了母性恐慌的根源，这份对生儿育女的痴狂会因为流产而损耗枯竭，会因为一个既没有血肉也没有面孔的短暂幻影而消失殆尽。

卢西娅走了进来，她排行老二，头颅过于巨大，与年龄不合，肥胖的身体又白又嫩。她朝我伸出洋娃娃般含苞欲放的小手，脸蛋随即泛红，犹如一朵盛开的粉红色牡丹花。她很是气恼，闭上眼睛，因为面庞的红晕令人羞愧地暴露了她月经来潮的秘密，而谈及最无关紧要的话题也会让她脸颊烧得更加厉害，因为它们每一个都在影射她极度敏感的处女之秘。

埃米尔，我年纪最大的表兄，留着金黄色的小胡子，面部表情好像已被生活冲刷尽净，他两手插进裤兜，在房间里走来走去。

高雅而昂贵的衣饰上，还保存着他过去的那些遥远国度的印记。他松弛的阴郁脸孔，似乎一天比一天模糊，已变成一片空洞无物的白墙，遍布细微的脉管，它们如同一张旧地图上的线条，偶尔搅动一下狂暴激荡、虚掷抛荒的生活那逐渐消退的回忆。他是个纸牌游戏高手，抽贵族的长烟斗，身体古怪地散发着异域的气味。他讲述奇谈轶闻，目光游荡于往昔记忆之间，而故事总在某个时刻突然中断，随即分崩瓦解，并最终烟消云散。我朝他投去钦羡的目光，希望他能关注我，把我从苦闷无聊的折磨中拯救出来。事实上，他走向另一个房间时，也确乎在冲我挤眉弄眼。

我立即跟上他。他坐在一张小沙发上，交叉的膝盖几乎与脑袋齐平，秃头像一颗台球。他看上去犹如一套撂在那儿的衣服裤子，皱皱巴巴，被胡乱丢在扶手椅上。他脸庞仿佛是一阵呼气形成的，而这道留在空中的吐息来源于一位无名无姓的过客。他苍白的、蓝瓷似的双手攥着一个钱包，眼睛盯着里边的什么东西。

从他烟笼雾罩的面孔上，那颗角膜长白斑的眸子起劲往外鼓，以一记顽皮的眨眼诱惑我。这使埃米尔的吸引力简直不可抗拒。他把我拽到两膝之间，用娴熟的洗牌手法摆弄一沓照片，上面全是裸体女人和她们的情郎，姿势奇异。我倚靠着埃米尔，用失神、迷离的目光扫视这些美妙的肉体，忽然间，我被一道朦朦胧胧的兴奋击中，它弥漫在空气里，化为一阵令人不安的战栗、一道突如其来的领悟，穿过我身体。但与此同时，诡诞的微笑从他柔软漂亮的小胡子底下浮现，欲望的幼芽在他太阳穴跳动的血管中暴露，有一刻，他如此紧张，以致神色极为专注，而这一切转瞬即逝，男人的面容再度冷漠不堪，茫然自失，最终渐渐消散。

显圣

1

那时，我们的镇子开始越来越沉湎于漫长、灰暗的黄昏之中，它周边覆盖着阴霾似的地衣、毛茸茸的霉菌，以及色泽有如铁锈的苔藓。

清晨黄褐色的烟霭和薄雾还未散去，琥珀色的贫乏下午已蹒跚而来，黑啤酒般金黄透明的天光只持续了片刻，随即便陷入七彩斑斓的广大夜色那如梦如幻、支离破碎的层层穹顶之下。

我们住在市集广场，住在那些幽暗的房子里，它们的外表空洞而模糊，很难区分彼此。

这会造成无穷无尽的谬误。因为你一旦走错门廊，上错楼梯，很可能发现自己困在一座真正的迷宫里，那是一座由不熟悉的房间、走廊，以及通往未知庭院的意外入口组成的迷宫，你将彻底忘记这一趟行程所为何事，只有等数天以后，经历过许多陌生而复杂的冒险，在黎明的灰光下重新回到自家的公寓，才会想起此行的初衷。

我们的房间里满是高耸的衣柜、宽大的沙发、朦朦胧胧的镜子和廉价的人造棕榈树。由于母亲日夜操劳店铺的生意，疏于料理家务，加上两腿修长的阿德拉心不在焉，家宅无人照管，每况愈下。因为缺少监督，阿德拉天天在自己的梳妆镜前慢悠悠地描眉画眼，到处是梳子、掉落的头发、丢弃的拖鞋和紧身胸衣。

谁也不知道这栋公寓楼究竟有多少间屋子，谁也搞不清其中又有多少用于租赁。偶尔，那些遭到遗忘的套房意外地被打开，却空空如也。住户早已搬走，而数月无人动过的抽屉里往往会有出乎意料的发现。

店伙计住在楼下。晚上他们做噩梦的呻吟经常把我们吵醒。冬天，外头还是夜深人静的时刻，父亲下楼走进那些又黑又冷的房间，手中的蜡烛在他身前摇曳不定，成群的阴影在地板或墙壁上来回跳跃。他是去唤醒那几个鼾声如雷、睡得比石头还死的店伙计。

他留下蜡烛离开。借着这点光亮，店伙计们从脏不拉几的被窝里懒洋洋爬起来，伸开丑陋的脚掌坐在床上，手里攥着袜子，于呵欠的快慰中最后沉醉片刻。这近乎感官享受的呵欠，激起下颚一阵痛苦的收缩，活像猛烈的干呕。

几只巨硕的蟑螂伏在角落里一动不动，影子在闪闪烁烁的烛光下越变越大，当它们以蜘蛛的怪异步调跑开时，这些影子仍紧紧粘住其扁平、无头的躯体。

那阵子父亲的健康状况渐渐恶化。初冬的头几个星期，他常常一连几天卧床不起，被药瓶、药丸和店铺送来的账簿所包围。他房间的地板上漂浮着一股疾病的苦味，墙纸的花纹图案愈发昏暗，皱成一团。

夜间，当母亲从店铺回到家里，他往往很激动，总想发牢骚。他指责母亲做账时屡屡犯错，气得脸颊通红，几近疯狂。记得有一次，我半夜从梦中苏醒，瞥见父亲光着脚，只穿着睡衣，在皮沙发上跑来跳去，好让我茫然无措的母亲明白他究竟多么恼怒。

其余日子里，他平静而镇定，完全沉浸于账目之中，迷失在复杂运算的迷宫深处。

我至今仍可以看到他在烟灯的映照里，蜷缩于枕头之间，身处宽大的雕花床头板下方，脑袋往墙壁上投射出巨硕的黑影，沉思默想地频频点头。

有时候，他从那些账簿间抬起头，似乎想吸一口气，他张开嘴巴，厌恶地咂弄自己又干燥又苦涩的舌头，茫然环顾四周，像在寻找什么东西。

遇到这样的情形，他会悄悄溜下床，跑到屋子的角落，那儿挂着他珍爱的宝贝——一只沙漏状的大玻璃瓶，标注的刻度以盎司为单位，装满黑乎乎的液体。利用一根又长又软、脐带般蜿蜒恐怖的管子，父亲把自己与该器具连为一体，而跟这可悲的设备接通后，他仍旧全神贯注，目光越发深邃，苍白的脸庞上流露痛苦的表情或者邪恶的喜悦之色。

接下来又是一段安安静静、专心劳作的时日，穿插以孤独的自言自语。当父亲坐在台灯的光晕下，置身于大床的睡枕中间，当灯罩形成的阴影与窗外城市的宏伟夜色彼此交融，使父亲头上的房子越来越巨大，他看也不看便可以感觉到，空间在一阵搏动中不断向他四周扩展，墙纸上的灌木丛充斥着窃窃私语、窸窸窣窣的响声和混沌不清的杂音。他看也不看便可以听到狡黠、急切、扑扑眨动的眼睛和花丛中竖起的警觉耳朵，以及微笑的幽暗嘴唇所隐含的阴谋诡计。

表面上，他愈发沉迷于自己的工作。通过加加减减、记账核账，他极力压制内心横冲直撞的怒火，唯恐自己忽然大吼一声，跑去胡乱抓扯墙纸上旋绕的花纹，或一簇簇眼睛与耳朵，它们在黑夜中凭空涌现，纷繁多姿地抽枝、生长，从黑暗母体的肚脐上虚构出新芽嫩叶。直到夜色消退之际，他才恢复平静，这时墙纸衰败、萎靡，花叶纷纷凋落，稀疏如秋季，迎来遥远的晨曦。

随后，在泛黄的冬天黎明，他身处墙纸上鸟儿的叽叽喳喳之中，昏昏沉沉地睡了几个钟头。

接连数日，乃至数周，他似乎始终沉浸在错综复杂的流水账里，但思绪已潜入自己内脏的迷宫探险。他屏住呼吸，凝神倾听。只有当他从深渊中收回黯淡、迷惘的眼神，方才微微一笑，平复下来。他并不相信那些强加于自己的建议，将荒谬的主张一概摒斥。

白天，这一切以辩论和劝导的形式呈现，冗长而乏味的说理通过低沉的腔调表达，不时插科打诨，妙语连珠。可是一到晚上，双方的言谈便激情高涨。要求更为清楚明确，更为肆无忌惮，我们听到父亲同上帝争论，似乎在申辩，或在拒绝某些急切而固执的要求。

终于，有天夜里，那声音来势汹汹，不可抗拒，越发响亮，坚持要父亲以言词和五脏六腑宣誓。我们听到神灵侵入他身体，而他从床上一跃而起，先知式的怒火将他拉长、吹胀，刺耳的字眼如机关枪扫射噼里啪啦喷射不已，几乎让他窒息。我们还听到搏斗的吵闹声和父亲的呻吟声，那很像一个屁股被打得稀巴烂的巨人在呻吟，在不停咒骂。

我从未见过《旧约》中的先知，然而，看到眼前这个被神怒击垮的男子，看到他劈开双腿坐在巨大的瓷尿壶上，以风车般狂抡的双臂拼命抵挡，而他越来越亢奋的声音回荡在绝望扭动的阴云之上，既陌生又费解，我终于领悟到何为圣人的崇高愤怒。

这是一场电闪雷鸣般使人畏怖的言语交锋。他痉挛的双手将天空撕成碎片，继而耶和华怒不可遏的面庞从裂缝中隐隐浮现，连吐诅咒。不必细瞧，我便认出是他，那个凶神恶煞的造物主，仿佛躺在西奈山的阴影里，两只大手撑住木质窗帘盒，把自己的巨脸贴到玻璃窗上部，可怕的大肉鼻被压得扁平。

父亲发表预言式长篇大论的短暂间歇，我又听到造物主的声音，他强而有力的嘶吼从肿胀的嘴唇中传出，令窗户嘎嘎直响，伴以我父亲爆发式的乞求、哀号与恫吓。

有时他俩的动静也会减弱，降为温柔的呢喃，如同夜风在烟囱里呜咽。接下来他们再一次发作，震耳欲聋的猛烈喧闹声滚滚袭至，好比是一阵哭泣和诅咒的狂风暴雨。忽然间，窗户随着一个黑暗的哈欠而打开，一片黑暗飘进屋子。

在一道闪电下，我瞥见父亲身穿他鼓荡不已的睡袍，骂骂咧咧地冲到窗边，把尿壶积存的污物，倒进那个如同在贝壳内咆哮不断的暗夜之中。

2

父亲正缓缓衰弱下去，在我们眼前逐渐枯萎。

他蜷缩于大枕头中间，灰发蓬乱，喃喃低语，只关注自己复杂的内心事务。父亲的人格似乎已分裂成许多彼此抵触、互相为敌的自我，因为他会跟自己大声辩论，会规劝、恳求自己，不断激情四溢地同自己谈判，甚至像在主持一个党派林立的议会，试图竭尽全部的热忱和真诚来居中调解。可是他们聚到一块儿时，总要争得面红耳赤，并在一片诅咒谩骂、恶语中伤和人身攻击里不欢而散。

随后是一段安宁日子，一个心灵的沉寂期，一次令人愉快的精神休憩。

厚厚的账本又一次在床上、桌子上和地板上摊开，某种刻苦、勤勉的平静，弥漫于灯盏的光芒里，弥漫于白色床单和父亲低垂的花白脑袋上。

但是，每当母亲深夜从店铺返回家中，父亲便再度焕发活力。他把她召唤过来，骄傲地向她展示自己用以装饰账页的、华丽多彩的贴花。

此时我们人人都注意到，父亲日渐萎缩，如同核桃壳里越来越干瘪的果仁。

萎缩并没有伴随任何力量的衰退。相反，父亲的健康状况、幽默感和灵活性似乎还提高了不少。

如今他经常放声大笑，几乎喘不过气来，要么就敲击床沿，变换不同声调对自己说“请进”，可以连续玩上好几个钟头。有时候，他会离开床铺，爬到衣柜顶部，蹲在天花板下方，整理锈迹斑斑、落满灰尘的陈年杂物。

偶尔，他将两张椅子摆在一起，手撑椅背，来回晃荡双腿，灼灼目光在我们脸上搜寻钦佩和激赏的神情。很显然，他已经与上帝彻底达成了和解。有些夜晚，造物主胡须浓密的脸庞会浮现在他卧室的窗户上，沐浴在孟加拉烟花深紫色的光焰里，仁慈地凝望了熟睡者片刻，后者的悠扬鼾声仿佛已远远飘荡于梦中世界的未知领域。

漫长、幽暗的冬末下午，父亲一连几个小时缩在堆满老旧什物的角落，埋头寻找什么东西。

当我们坐在餐桌旁吃晚饭时，父亲往往不见踪影。母亲只好一遍又一遍大喊：“雅各布！”并用勺子敲桌，直到他走出某个壁橱，全身覆满灰尘和蜘蛛网，双眼无神，沉浸在深深吸引他、唯有他才了解的艰深问题之中。

他不时爬上窗帘盒，与对面墙壁悬挂的巨大秃鹰标本保持相同姿势。他长久蹲伏不动，眼神迷离，笑容诡诈，如果突然有人走进房间，他会挥舞两条胳膊犹如扑动翅膀，并且像公鸡一样打鸣。

我们不再关心这些个古怪举止，而父亲越来越深陷其中。他似乎摆脱了肉体需求，可以几个星期不吃东西，天天沉湎于大伙根本闹不明白的繁复离奇之事。我们的劝说、哀求毫无效果，他只管断断续续地自问自答，对此任何外物都没法干扰。他枯槁的面庞泛起红晕，闪着永恒的困惑、病态的兴奋。他完全无视我们，把家人当成空气。

我们已逐渐适应他无害的存在、他低声的胡言乱语，以及他孩童般自顾自地喋喋不休，其颤音好像来源于我们这个时代的边缘。此后，他经常一连消失数天，流落至公寓的某个偏远角落，很难找到。

渐渐地，此类失踪我们已司空见惯，懒得理会。许多天以后，他又一次出现时，整个人缩小了好几寸，瘦了好几圈，可谁也没有稍加留意。我们不再把父亲当一回事，他已远离人类世界，远离真实世界。他解开了一个又一个与我们相连的结纽，斩断了一个又一个与人类社会衔接的联系。他所留下的，仅仅是一副躯壳和一堆荒唐无稽的怪癖，它们迟早也会消失，如同堆积在墙角的灰渣，每天悄无声息地等待阿德拉倒进垃圾箱里。

鸟

冬天来临，日子昏黄且乏味。积雪好像一张磨破的、满是窟窿而又太短的桌布，铺展在暗红的大地上。由于它宽度不足，许多屋顶依然呈黑色或铁锈色，露出木板或茅草，犹如一艘艘平底船，烟熏似炭的空洞阁楼即藏匿其中，这些焦黑的大教堂，布满肋骨状的椽子、檩条、拱梁，俨然是冬季狂风的暗肺。黎明时分，生长于夜间的崭新排气管和烟囱纷纷显现，深宵的大风已将其吹净，仿佛魔鬼的黑色管风琴。扫烟囱的清洁工没办法摆脱乌鸦的纠缠，它们傍晚来到教堂附近的大树栖息，好似会活动的黑色叶子，不久便重新振翅，飞离枝头，此后又再度返回原处，各自占据某一根树枝的某一段地盘。拂晓，它们成群结队在天空中翱翔，宛如煤灰的云团，亦如起伏飘荡、变幻莫测的灯烟斑点，以闪亮的鸣叫把暗黄的清晨条纹染黑。时日在寒冷和无聊之中变硬，堪比大块的陈年面包。我们用钝刀子把它切开，却食欲全无，懒洋洋直犯瞌睡。

父亲不再出门。他点燃炉子，埋头研究不可穷尽的火之本质，感受透着咸味、金属味和烟熏味的冬日烈焰，它如同火蜥蜴的美妙抚摸，在烟囱的咽喉处舔舐闪亮的煤尘。那阵子，父亲热衷于承担房间高处所有修修补补的工作。白天的任何时候，你都可以看见他蹲在一把梯子顶端，在天花板下面，在高大窗户的檐子周围，在吊灯的平衡杆与链子附近不停捣鼓。他仿照油漆工的做法，把架梯当成一副巨大的高跷来用，而以鸟类的视角近观天花板上描绘的苍穹、花纹和飞禽，这委实让他欢欣鼓舞。他距离现实生活的琐事越来越遥远。母亲对此忧心忡忡，颇为焦虑，千方百计诱导他谈谈生意，谈谈月末该付的账单，他心不在焉地听她讲话，极其烦躁，神色茫然的脸庞不断抽搐。有时，他会以一个乞求宽恕的手势打断母亲，奔向房间的角落，把耳朵贴在地板的缝隙上仔细倾听，并竖起两根食指，暗示他那样做十分重要。我们还无从理解这些个怪癖的可悲根源，以及他内心深处已近成熟的阴郁情结。

母亲的影响微乎其微，阿德拉却享有极大的尊崇，很受他关注。对父亲来说，她前来清扫房间是一项隆重庄严的仪式，必须亲自见证。他怀揣恐惧，混合以愉快的战栗，凝视阿德拉的一举手一投足，给她每一个动作赋予更深刻的象征意义。当姑娘展现青春而大胆的身姿，将一把长柄刷子推过地板时，他简直无法承受。他涕泪奔涌，无声的大笑使之脸孔扭曲，身体因一阵情欲亢奋的愉快痉挛而不停哆嗦。他感觉奇痒难忍，近于疯狂。阿德拉只用一根指头比画比画，假装给他挠痒痒，便足以让他惊慌失措，飞奔过所有房间，把身后的屋门摔得砰砰作响，并最终脸朝下倒在床上，为想象中难忍的瘙痒而狂笑不止，又是翻滚又是抽搐。如此一来，阿德拉便几乎可以任意地支配父亲。

那个时候，我们第一次注意到，父亲对动物抱有浓厚的兴趣。起初，这只是一份兼具猎手和艺术家特质的激情，可能也是某一类生灵在更深的层面，在动物学意义上与另一类生灵的相似相通，即使它们的生命形式如此不同。这是对未勘明生物的测试实验。然而，后来发生了怪诞离奇、纠缠不清、罪孽深重的转变，有悖于自然，因此最好别暴露在光天化日之下。

这一切统统是从孵鸟蛋开始的。

父亲煞费周章，花去大笔资金，从汉堡、荷兰和非洲的动物研究站购入一批受精鸟蛋，并让一些硕大的比利时母鸡孵化它们。事情太有趣了，居然能孵出五色陆离、殊形诡状的雏鸟。这些怪物真令人难以想象，诞生时哈欠连天，奇妙的巨喙大大张开，喉咙深处响起贪婪的嘶嘶声。它们近似蜥蜴，驼背之身脆弱而赤裸，将来会发育成孔雀、野雉、松鸡和秃鹫。这窝怪物趴在铺有棉绒的篮子里，抬起细脖子支撑的脑袋，眼睛蒙着一层白翳，什么也看不见，哑嗓子迸发嘶哑的啼鸣。父亲系上围裙，沿架子来回走动，好像一个园丁在照料自己的仙人掌，从虚无之中召唤出那些瞎眼的、搏动不已的、脓疱似的小生命，它们的腹部极其柔弱，与外界交流的唯一形式就是索取食物。这群活生生的累赘，摸索着爬往亮处。几个星期后，盲雏们终于闯入光明的世界，满屋子是新住户多姿多彩的叽喳声和闪闪烁烁的啾啾声。它们栖息于窗帘盒及柜檐上方，并在枝形吊灯的复杂花纹与锡质枝条之中筑巢。

当父亲研读他卷帙浩繁的鸟类学汇编，浏览它们五颜六色的图表时，那些羽毛丰满的幻象似乎从中飞逸而出，令整个房间七彩斑斓，宝蓝色、铜绿色、银紫色到处飘荡。喂食的时候，它们在地板上组成一块缤纷绚丽、此起彼伏的大补丁，如果什么人莽莽撞撞地闯进来，这张鲜活的毯子会立即分崩离析，碎裂为生机勃勃的花瓣，在空中飞舞，并最终停落在屋子的高处。有一只秃鹫尤其让我难忘，那是一只巨鸟，脖子上找不到一根毛，脸上布满皱纹和疙瘩。它是一个骨瘦如柴的苦修者，是一名举手投足十分冷峻庄重的喇嘛僧，遵从显赫家族的严苛礼仪。它端坐在父亲面前一动不动，保持古埃及诸神的永恒姿势，眼睛覆盖着一层白膜，从眼角直到眼仁，在其可敬的孤独沉思之中把双目完全遮蔽。它轮廓坚硬如石头，好像是我父亲的一位兄长。他俩拥有相同的构成材料、肌腱和又皱又硬的皮肤，相同的枯瘦干巴、骨头外凸的脸庞，以及相同的覆满老茧的深邃眼窝。甚至连父亲细长的双手——它们关节极硬，指甲弯卷——也与秃鹫的脚爪极为相似。看到它深陷休眠，我不由感慨，那家伙简直是一具木乃伊，父亲大人因脱水而萎缩形成的木乃伊。我猜想，这奇异的相似之处肯定也没能逃脱母亲的审视，尽管我们从来不谈论此事。还有一点尤其值得注意，这只秃鹫和父亲共用一个夜壶。

父亲试图孵育更多新品种，于是在阁楼里安排鸟类的大杂交。他牵线搭桥，把诱人而热情的新娘子们拴在屋子的裂缝和窟窿之中，不久，我家的房顶——巨大的坡式木瓦房顶——就变成了一座名副其实的鸟旅馆、一艘满载远道而来的羽族众生灵的挪亚方舟。即使这个飞禽农庄被彻底铲除之后的很长一段时间内，我们的房子仍然在鸟国中享有盛誉。每到春天这迁徙的季节，总有大批大批的鹳鹤、鹈鹕、孔雀以及各种各样的鸟儿在我家的屋顶上降落。

然而，短暂的辉煌很快结束，悲剧随即发生。我们不得不把父亲移入阁楼的两个杂物间，拂晓时分，鸟类喧嚣的混响便从那儿传进我们耳朵里。顶层的木头房子充满吵闹声、振翅声、啼叫声、鸣唳声和咕咕叽叽声，阁楼的空旷使回音大为增强。父亲会一连几个星期不露面。他偶尔下来一趟，我们这才发现他似乎在缩小，身体越来越轻，越来越皱瘪。有时候，他忘乎所以，从桌旁的座椅上跳起，鼓翅般舞动双臂，长鸣一声，眼睛似乎蒙上了一层湿乎乎的白翳。随后，他又窘迫不安地跟我们一块儿哈哈大笑，企图把这段小插曲遮掩过去。

有一天，家务缠身的阿德拉突然闯入父亲的鸟类王国。她站在门口挥动双手，房间充斥着恶臭，地板、桌子和椅子上满是大堆大堆的鸟粪。阿德拉果断推开窗户，用长柄刷搅动整个鸟群，一个由羽毛、翅膀和尖叫声组成的恐怖云团随之向上升腾，她身处其中，犹如狂怒的女祭司迈那德斯，在酒神手杖生成的旋风里若隐若现，跳起毁灭之舞。父亲惊惧万分，摆动两只手臂，妄图跟随他的鸟群飞上天空。渐渐地，那个翅翼的云团越来越稀薄，最终战场上只剩下阿德拉和父亲，她精疲力竭，气喘吁吁，而他神色凄楚，羞愧难当，准备无条件投降。

不一会儿，父亲离开自己的领地，走下楼梯，他已经是一个失败者、一个失去王位和权柄的流亡之君。

人体模型

养鸟事件是我父亲最后一次绚烂精彩的大爆发，是他雄伟幻想终极的反攻，父亲，这个不可救药的即兴表演家，这名想入非非的剑术冠军，面对贫乏、空洞的冬季所构筑的城垣和壕沟，他率先挺身抗击。直到今天，我才终于理解父亲孤独的英雄主义，他单枪匹马发动战争，企图打败使这座城镇窒息的、无边无际而又根深蒂固的空虚乏味。他孤立无援，得不到我们认可，这个乖僻的男人捍卫了已经失落的诗意理想。他是一爿奇妙无比的磨坊，无聊时日的糠麸倒入其漏斗之中，经过加工而大放异彩，馥郁芳香，极具东方韵味。但是，这位超自然魔术大师的恢宏戏法我们已司空见惯，往往将他魔幻国度的赐予视作理所应当，其实正是它将我等从枯燥日夜的昏昏欲睡中拯救出来。阿德拉轻率无知、唐突莽撞的破坏行径并没有招致训斥。相反，我们怀揣丝丝缕缕卑劣的喜悦、不光彩的满足感，认定父亲的放诞之举受到了遏制。尽管我们对这些行为欣赏备至，却忘恩负义地拒绝承担应尽的责任。或许这背叛里不乏对大赢家阿德拉的秘密崇拜，我们含混地赋予她某项使命，那份职守与更高秩序的权力相对应。父亲遭到众人出卖，于是从他荣耀一时的战场上撤离，丝毫不加以反抗。没有动刀动枪，他把昔日辉煌的领土交到敌人手中，自我放逐，退入走廊尽头的空屋子，在此与世隔绝。

我们已将他遗忘。

又一次，小镇哀伤的阴霾从四面八方包围了我们，黎明的幽暗地衣、黄昏的寄生真菌在所有窗户上疯长，并发育为漫漫冬夜的蓬松皮毛。房间的墙纸从前是多么欢畅而无拘无束，容纳过振翅鸟群那五光十色的飞翔，如今再度将自己封闭，逐渐发僵发硬，沉溺于单调死板的痛苦独白之中。

吊灯变黑，枯萎如起绒草和麝香蓟。此刻它们沮丧懊恼、烦躁不安地垂挂着，倘若有谁从房间的昏暗中摸索穿过，就会把它们的水晶玻璃坠子碰得叮啷叮啷直响。阿德拉徒劳地往灯臂上插满彩色蜡烛。无效的替代物，不过是煌煌灯火的昏黑记忆，而后者刚刚还让这片空中花园大放光华。哦，此处一度鸟语花香，那一丛丛吊灯结下了轻狂而美妙的果实，诸多幻象张开翅膀，从中飞出，仿佛从奇异绽裂的蛋糕中飞出，把空间切割成一张张魔术卡牌，再发散为五色斑驳的阵阵喝彩，不停向四周倾泻密集的天蓝、孔雀绿、鹦鹉绿碎片以及金属的火花，其飞翔和旋转的轨迹在空中勾绘出线条与缬纹，展开舞动的缤纷扇面，这些图形在它们划过之后很久都没有消失。即便是如今，璀璨光影的回声和潜质依然在灰暗深处蕴藏，但已无人再用笛音去洞穿、用钻头去探查那空气中密布的纹理。

好几个礼拜，奇特的睡意萦绕不散。

我们从不整理床铺，皱巴巴的被褥和沉甸甸梦寐到处乱堆，高耸如满载软垫的小船，正准备驶入漆黑一片、星光全无的威尼斯那潮湿而错综复杂的迷宫。寂静的拂晓时分，阿德拉为我们端来咖啡。借着黑漆漆的窗玻璃多次反射的烛光，我们在冰冷的房间里懒洋洋穿上衣服。清晨大伙忙忙碌碌，走来走去，不断有人翻箱倒柜。整套公寓内响彻阿德拉拖鞋啪嗒啪嗒的响声。店伙计点亮灯盏，从我母亲手中接过铺子正门的大钥匙，随即迈入浓厚、蜿蜒的黑暗。母亲在晨起的梳妆打扮上绝不马虎。蜡烛已烧至根部。阿德拉要么是藏身于偏僻的房间里，要么是去阁楼晾衣服。不管你喊多大声也休想把她叫来。刚刚燃起的炉火又阴暗又肮脏，在烟囱的咽喉处舔舐冷冰冰的闪亮煤炱。烛头熄灭，厅室阒黑。我们趴在饭桌上，脑袋周围是吃剩的早餐，衣衫不整地陷入昏睡。我们的面庞贴着黑暗毛茸茸的腹部，在它波浪般起伏的呼吸上航行，驶向一颗星辰也看不见的虚空。阿德拉收拾房间的响动把我们吵醒。母亲还未决定这一天穿什么。没等她梳好头发，店伙计们就该回来吃午饭了。笼罩集市广场的幽暗带着一缕淡金色烟雾。不一会儿，从那些阴惨惨的琥珀色与灰沉沉的蜜色之中，或许一个最美好的下午将初露华彩。但是愉快的瞬间转眼即逝。黎明的暗霾消散，白昼的喧嚣持续上涨，伸手便几乎可以摸到，却又一次回落，退化为一片虚乏的浓阴。我们纷纷在餐桌旁坐下。店伙计们搓着冻红的双手，内容贫乏的谈话顷刻间勾勒出完整的一天，一个灰暗、空洞的星期二，它既无传统，也无面目。然而，当一对并排摆放、首尾相衔的大冻鱼端上餐桌，形如黄道十二宫的图案，唯有此时，我等方从它们身上辨认出这一日的徽章，亦即无名星期二的历法标识。我们匆匆忙忙将其瓜分，并因为那一天恢复了自身的面貌而满怀喜悦。

店伙计的吃相正经八百，透着一股日历上标明的宗教庆典的庄严劲儿。胡椒味在房间内弥漫。他们一边用面包片揩拭菜碟上残留的冻鱼，一边寻思本周接下来的几日还有什么节庆。盘子里仅存鱼头，以及熬化的鱼眼，此刻，大伙觉得这一天已被征服，剩余的时光根本不足挂齿。

事实上，阿德拉发了恻隐之心，没有在下面的时间里大干特干。伴随锅碗瓢盆的碰撞声和冷水的冲刷声，她精力充沛地忙到夕阳西坠，而母亲一直在沙发上沉睡。这时候，餐室已准备改换成夜间场景。女裁缝波尔达和宝琳娜，正在摆弄自己的制衣工具。她们扛起一位沉默不语、纹丝不动的女士走进房间，那是一个用草秆和帆布做成的女郎，脑袋用一颗黑色的球形木把手代替。但她很快在角落安顿下来，位于房门和火炉之间，这名女士转而变为此情此景中不声不响的家庭主妇。她直僵僵地站在自己的旮旯里，既不满又冷淡，默默监督姑娘们工作，对其辛劳与求宠之举横加挞伐，施以羞辱，而她俩跪在这位女士跟前，要用白色棉线将她身上的布片粗略连缀成一个整体。姑娘们耐心细致地伺候着紧闭双唇、无法取悦的偶像。这尊摩洛神[①]怒火难平——大概只有女摩洛神才会如此——让两位姑娘一次又一次返工，她们身材苗条，颇似没有丝线缠绕、转动迅捷的木质纺轴，正以灵巧的动作操纵这堆绸缎和布匹。她俩的剪刀嗤嚓嗤嚓直响，在七彩斑斓的面料中飞舞；她俩的廉价漆皮靴踩动缝纫机的脚踏板，使之呼呼疾转。五颜六色的破布碎绒在姑娘们周围不断累积，犹如麦麸和谷壳在两只挑食浪费的鹦鹉周围抛撒。剪子咔吱一声打开，好像多彩禽鸟的长喙。

储藏室里，存放着未能成功举办的一次盛大假面舞会的道具，姑娘们在其间漫不经心地踩踏花花绿绿的布头，仿佛身处某个狂欢节残留的垃圾废料之中。两人抖落碎布，神经质地哈哈大笑，冲镜子连连眨眼。她们并未将巧思和双手的魔力，运用于桌子上放置的那些乏味衣裙，而是想象自己把这堆数以千计的布片、这群欢快轻浮的碎屑抛向整座小镇，如同下一场梦幻般异彩纷呈的大雪。突然间，她俩感到热不可耐，便推开窗户，在孤独的烦躁中搜寻陌生的脸庞，渴望看见哪怕是一张无名氏的面孔贴在窗格上。鼓荡窗帘的冬夜寒风，吹拂着姑娘们灼热的脸颊。她俩脱去各自的露肩装，彼此满怀仇恨，互不退让，准备为那个也许会由黑乎乎的晚风吹进窗户的皮耶罗[②]拳脚相向，哦！她们对现实世界的要求是少之又少！她们的内心无所不有，简直丰富得过头。

① 古代迦南人信奉的神祇。信徒往往将儿童烧死，向该神明献祭。
② 哑剧中穿宽大白衣、涂白脸的丑角。

哦，以锯末填充的皮耶罗对两位姑娘而言便已足够！他将道出她们长久等待的开场白，好让她们进入排演过多次的角色，倾吐早就积聚在嘴边的台词，如痴如狂而又充满甜蜜与可怕痛苦的台词，它们像是夜间兴冲冲阅读的爱情小说，令她俩的泪河淌过各自发烫的面颊。

某天晚上，趁阿德拉不在，父亲在公寓各处游荡，恰巧遇到这场无声无息的夜间降灵会。他提着一盏灯，在邻屋黑魆魆的门口站了一会儿，便被热火朝天的场景和姑娘们脸上的红晕迷得神魂颠倒，那是扑面粉、五彩纸巾与阿托品①组成的田园牧歌，在飘荡不已的窗帘上呼吸的冬夜将它映衬得格外不凡，韵致深远。父亲戴上眼镜，凑近两位姑娘，环绕她们踱步，举灯把她们照亮。风从门外涌入房间，撩动帘布，年轻的女士扭动着屁股任人欣赏，瓷釉的光泽闪烁于她俩的眼睛里、吱吱响的漆皮鞋表面，同样也闪烁于她俩吊袜带的搭扣上，风吹起裙摆，使它们展露呈现。碎布如老鼠般窜过地板，朝黑屋子半开半掩的房门奔去，父亲仔细观察这两个喘息连连的姑娘，低声嘟哝道："Genus avium②……如果我没记错，是 scansores③ 或者是 pistacci④……奇妙啊，真奇妙啊。"

这次偶遇是此后一系列会面的开端，其间我父亲以非凡的人

---

① 从植物颠茄、洋金花等植物中提取的生物碱，可散大瞳孔，使皮肤泛红，过去曾作为廉价化妆品使用。

② 拉丁文，意为"鸟类"。

③ 拉丁文，意为"攀禽类"。

④ 疑是拉丁文"Psittaci"之误，意为"鹦鹉类"。

格魅力将两位年轻女士迷倒。他优雅而风趣的谈吐填补了她俩夜晚生活的空虚，作为回报，姑娘们允许他这个狂热的学者研究她们那苗条、艳俗之躯的构造。上述行为全数发生于他谈话的过程中间，既庄重又文雅，以缓冲针对她们身体各个可疑之处的最为大胆的探查。父亲脱去宝琳娜的长筒袜，用全神贯注的目光研究她膝关节紧凑、高贵的结构，并说道："你们女性的存在形式是多么令人陶醉、多么妙不可言啊。美丽和单纯，正是你们生命的主题。然而，亲爱的女士，你们完成自身使命的手法又是何等娴熟，何等精巧。如果抛开对造物主的敬意，讲几句关于创造问题的玩笑话，我会大声疾呼：'少一点儿内容，多一点儿形式！'哦，丢掉些内容，将大大减轻世界的负担！造物主阁下，请别那么野心勃勃，别那么好大喜功，如此一来世界会更加完美！"父亲大喊大叫，动手将宝琳娜白皙的小腿从长筒袜的束缚下解放出来。恰好此时，阿德拉托着一个茶盘，在餐室敞开的大门外现身。这是她们的龙争虎斗发端以来，两股敌对势力的首度遭遇。而我们作为旁观者，那一刻无不胆战心惊。看到一个已饱经折磨的男人要蒙受更多羞辱，我们深感难过。父亲很是窘迫，由跪姿改为站立，脸上的红晕一波接一波漾开，并因惶愧而越发深黯。但我们意外发现，阿德拉应付这样的局面简直如鱼得水。她笑眯眯地走向我父亲，轻轻弹了一下他鼻子。此举让波尔达和宝琳娜忍俊不禁，她俩连连拍手顿足，从两边各自挽起父亲的胳膊，绕着桌子跳舞。于是乎，多亏姑娘们善解人意，紧张冲突的萌芽才在相安无事的愉快氛围中烟消云散。

那个初冬接下来的几个星期，由于稚嫩纯真的听众魅力四射，父亲大受鼓舞，开启了他极富趣味、异想天开的讲座。

应当注意到，所有事物一旦与这个殊不寻常的男人扯上关系，就将退回它们所谓的存在根系之中，重建自己的外观，直抵其形而上的内核。它们返本归源，仅仅是为了在某个时刻破茧重出，撞入那些令人生疑、危机四伏、模棱两可的领域，我把它们简称为“伟大异端的领域”。我们的异教首脑如同一位催眠师，穿行于事物之间，以自己危险的魔力感染它们，诱惑它们。我是否可以认为，宝琳娜是父亲的牺牲品？这些日子里，她尊他为导师，变成他那套学说的女门徒以及他所做实验的人体模型。

在此我将十分谨慎，避免造谣生事，来阐释那阵子占据了父亲的心灵、主导他言行长达数月之久的异端理论。

论人体模型（或创世书的第二卷）

“造物主，”父亲说，“并不能垄断造物权。创造是全体生灵的特权。物质可以无穷衍化，生命力源源不竭，同时又具有一份迷人的魅力，引诱我们投身于创造。在物质的深处，朦朦胧胧的微笑已经萌发，张力逐渐累积，试图凝聚为形体结构。无限可能性的涟漪生成了所有物质，并以低弱的战栗贯穿它们。在等待赐予其生命的灵魂之呼吸时，物质始终泛涌不休，为了诱惑你我而呈现上千种丰润、柔软的甜美，那无不是它们在自身盲昧的梦幻中凭空想象的产物。

“物质丧失了主动，随波逐流，以阴柔的方式臣服屈从，在一切冲动面前俯首帖耳，形成一片法外之地，向林林总总的骗子和三脚猫敞开大门，这是一个滥用权力的领域，一个造物主肆意操纵的可疑领域。在宇宙的所有实体之中，物质最为消极也最是无助。人人都可以揉捏它，塑造它，使之驯服依顺。任何企图将物质整合的做法，注定难以持续，破绽百出，很容易推翻瓦解。把生命精简为另一种新样态，这并非什么过错。杀人不是罪恶。通常，针对某些顽固僵化、趣味全无的存在形式，施以暴力是非常必要的。为了展开一项激动人心、意义重大的实验，它甚至值得大加褒扬。这便是给虐待狂书写全新辩护词的起点。”

父亲没完没了地赞美物质，那非凡无比的元素。“死亡的物质根本不存在，”他教导我们，“所谓寂灭仅仅是一道表象，其身后隐藏着未知的生命形式。这些生命形式的属类无限繁多，它们的色彩及细微差异也无法穷尽。造物主所掌握的创造秘诀深具价值，充满妙趣。他借以缔造了众多可自我衍生的物种。没人知道此类秘诀能否重见天日。不过，这已无必要，因为即使经典的造物之术今后不再流传，我们仍可以运用那些非正当的手段——无数离经叛道、世所不容的手段。”

越是从宇宙进化论的一般原理逼近他个人兴趣的狭窄领域，父亲越是压低嗓门，声音演变成渗透一切的耳语，而他发言的内容也越来越深奥、复杂，结论更是迷失于越来越可疑越来越危险的地带。父亲的手势看上去如此神秘庄严。他一只眼半开半闭，两根手指抵住额头，狡诈的目光很是骇人。他老奸巨猾的表情使听众莫名惊恐，他玩世不恭的脸相把她们内心最私密、最隐秘之处攻破，抵达最幽深的角落，再将她们顶到墙上，用他挖苦逗乐的手指给她们挠痒痒，直到她们心领神会，大笑不止，这是认赌服输、妥协让步的笑声，是最终弃械投降的信号。

姑娘们坐着一动不动，煤油灯黑烟袅袅，缝纫机的针尖下，料子已滑落多时，而空转的机器兀自嘎哒嘎哒作响，缝缀着窗外那卷冬夜布匹所展开的、星光全无的黑色料子。

“我们在造物主无比完美的恐怖阴影下生活太长时间了，”父亲说，“他完美的劳作旷日持久，让我们自身的创造力陷于瘫痪。我们无意同他一争高下。我们的抱负很难与之匹敌。我们的愿望仅仅是，在自己较低的层次上成为创造者，我们渴望为自己创造，我们渴望创造的喜悦，一言以蔽之，我们渴望造物之能。”我不知道父亲是以什么人的名义宣告上述公理，也不知道是哪些团体，哪些公会、派别或者组织跟他结成同盟，使他这番话如此振聋发聩。至于我们，与任何创造的雄心都相去甚远。

然而，此刻父亲已经在规划第二次创世的大计，新一代物种的图卷将公开与现时唱对台戏。“我们的目标，”他说，“绝非年寿绵长、永存不灭的生灵。我们的创造物不是大部头浪漫故事的主人公。他们的表演短暂、简洁，他们的个性无须深远谋划。为了一个手势或一个词，我们往往煞费周章，赋予它们转瞬即逝的生命。老实说，我们并不指望自己的作品有多么耐用多么可靠，这些东西是临时性的，似乎仅适用于特定场合。例如，倘若我们想创造人类，我们不妨只为他准备半张脸、一只手和一条腿，换言之，他们的角色需要什么，我们便提供什么。操心不必亮相的另一条腿，那是杞人忧天。他们的背面可以用帆布拼凑，也可以用石灰刷白。我们凭这样一条骄傲的座右铭宣示自己的愿望：每一个动作，不同的演员。哪怕是为了一句话，为了一举手一投足，我们也应该创造另一个活生生的角色。这就是我们的格调，这就是以我们的喜好为归依的世界。造物主倾心于精致、完美而复杂的材料，我们则优先选择废旧垃圾。世人如痴如狂，迷恋那些个低劣、廉价、庸俗的物料。你们是否明白，”父亲问道，“这一癖好的深刻含义，这份关于彩屑、纸浆、油漆，以及絮团和锯末的激情？那正是，”父亲苦笑着说，“我们对此类事物的钟爱之心，只因为它们毛茸茸、松蓬蓬的特质，以及它们举世无双的神秘一致性。造物主，这位卓越的大师和艺术家，使之隐形匿迹，消失于生活的假象当中。而世人恰好相反，喜欢物质粗粝不堪，喜欢它迟钝、丑陋、野性难驯。我们偏爱从每一个姿势、每一个动作的背后看到它的艰辛、它的惰性，以及它熊一般甜蜜的笨拙。”

几位姑娘呆呆坐着，眼睛木然无神。她们的脸蛋拉长，听得满头雾水，面颊泛红，这一刻，很难说她们究竟是属于第一代造物还是第二代造物。

“总而言之，”父亲作结道，“我们要参照人体模型的形象和样式，再一次创造人类。”

在此，为准确起见，本人必须讲述一段微不足道的小插曲，它发生于演说过程中，我觉得无关紧要。在一系列事件里，它既难以理解，又荒谬绝伦，也许可视为某一类无意识残留，没有前因后果，仅仅是一种物体的特殊恶意转移至精神层面。建议读者将它忽略，像我风轻云淡的描述一样将它忽略。事情的原委如下：

当父亲在说“人体模型”这个词儿时，阿德拉看了看腕上的手镯表，并与波尔达交换眼色。她拖拽自己的椅子，往前挪动少许，又撩起裙摆，慢慢伸出一条黑丝袜包裹的美腿，足尖绷紧，犹如一颗蛇头。

阿德拉保持这一坐姿直到演讲告终，她身体挺拔，大而闪亮的双眸浸润在阿托品的湛蓝之中，波尔达和宝琳娜位于她两侧。三个姑娘都瞪圆了眼睛望着我父亲。他连连咳嗽，陷入沉默，又弯下腰，突然满面通红。转瞬间，他脸上原本极其活跃、生动的线条已然发僵，换了一副卑下谦恭的表情。

他，灵感澎湃的异端首领，刚刚从欣喜若狂的风暴中出探头来，便陡然退缩，跌落坍塌。或许他变成了另一个人。此人僵坐不动，脸色深红，双目低垂。波尔达走到他身旁，俯下身子，在他背上轻轻拍打，温柔地劝慰他说：“雅各布，快醒醒。雅各布，听话。雅各布，可别想不开。求你了……雅各布，雅各布……”

阿德拉向前探伸的拖鞋轻轻摇晃，蛇信般闪闪发光。父亲缓缓站起，没抬眼皮，像个机器人似的迈了几步，随即双膝跪地。煤油灯在宁谧中咝咝作响，耐人寻味的眼神在墙纸的复杂图纹间来回乱窜，毒舌的低语到处抛投，犹如蜿蜒曲折的思绪……

论人体模型（续篇）

第二天晚上，父亲怀揣焕然一新的热情，重拾他那晦涩、复杂的主题。他横斜交错的皱纹时而展开时而折叠，深含微妙的狡诈。每一个螺旋中都隐藏着冷嘲热讽的弹丸。但是有时候，灵感会把他满脸的褶子撑开，它们不断生长，伴随巨大的、转动的恐惧，以沉默之洄漩遁入冬夜深处。“女士们，蜡像，”他开始发表演说，“乃是饱经苦难、粗制滥造的人偶，但即便如此，要注意，切莫掉以轻心。物质可不知道怎样开玩笑。它始终满含悲怆的庄严。难道有谁真那么大胆，竟认为他可以戏弄物质，为了打趣才赋予它形状，而这个玩笑并不会扎下根来，并不会深深蚀入它内部，如同运数和天命？你们能否想象那份苦楚，那番沉默的受难，那种幽禁之痛？惨遭物质束缚的傀儡不晓得自己的意义何在，不晓得为什么非要忍受这蛮横强加的戏仿形态。你们能否理解表情、外形和容貌的冲击力？铁腕的专政猛烈施展于毫无防备的木块上，以自己凶狂、残暴的灵魂将其统治。你一旦为某个稻草和帆布制成的脑袋安上愤怒的脸相，就把它永远丢给了那团愤怒、那道痉挛、那阵紧张，锁入了无路可逃的盲目憎恨之中。大伙耻笑这拙劣的模仿游戏。哭泣吧，诸位女士，为你们各人的命运！尤其是看到横遭禁锢、压迫的物质既不知道自己是什么，也不知道自己因何存在，更不知道它长久维系的姿势最终会怎样收场。

“民众大笑不止。你是否明白这笑声所包含的可怕施虐欲，以及造物主令人痴狂的冷酷残忍？毕竟，我们应该为自己的命运垂泪饮泣，当我们目睹那困苦的物质、蒙难的物质受到极度不公正的对待。女士们，骇人的痛苦由此流出，它们属于所有小丑似的魔像[①]，属于一脸滑稽怪相的愁惨人偶。

“这位是无政府主义者卢切尼[②]，刺杀伊丽莎白皇后的凶手。这位是德拉加[③]，邪恶、病态的塞尔维亚王后。而这位是一个卓越的青年，家族的希望和骄傲，毁于可悲的手淫恶习。哦，那些姓名、样貌是何其讽刺！

“这尊丑陋的复制品身上，能否找到德拉加王后的任何特征，即便是她本人最遥远的影子？相似之处使我们颇感安慰，连同那外表、名字，都让人觉得无须再追问，这可怜的家伙究竟是谁。然而，女士们，她必定是某一个人，某个无名无姓之辈，某个心怀怨恨的危险分子，在她沉闷的生活中从不知德拉加王后是何方神圣……

“囚禁蜡像的集市货棚，夜间会传出恐怖的嗥吼，你们有没有听过？那些木质或瓷质的玩偶，它们用拳头敲击牢笼的阴郁大合唱，你们有没有听过？”

父亲召唤自黑暗深渊的恐怖，让他自己的脸庞极为激动不安，随之形成一个皱纹的旋涡、一个不断扩展的深坑，其底部一只毒辣的先知之眼正熊熊燃烧。他怪异的胡须根根倒竖，东一簇西一

---

① 犹太传说中用泥土、石头等做成的傀儡，注入魔力即可行动。

② 卢伊季·卢切尼（Luigi Luccheni，1873—1910），意大利无政府主义者，刺杀茜茜公主（即伊丽莎白皇后）之人。

③ 德拉加·马欣（Draga Mašin，1864—1903），塞尔维亚王后，与丈夫一同遇刺身亡。

簇的毛发从肉瘤、黑痣和鼻孔中往外直戳。他木僵僵地挺立不动，双眼如炽，因内心激荡而浑身颤抖，好像一台运转受阻、陷于停顿的机器。

阿德拉起身离座，要求我们别理睬即将发生的事情。然后，她两手叉腰，大步走向父亲，以坚决果敢的派头，不容置疑地下达指令……

★ ★ ★

姑娘们坐得直挺挺的，目光低垂，出奇地呆滞麻木……

论人体模型（终篇）

此后的某天晚上，父亲继续演说如下：

“我谈论人体模型，既无关乎化身的错误理解，也无关乎可悲的滑稽模仿，女士们，与这些个粗俗、低劣、放纵无度的产物统统不搭边。我在思考其他问题。”

这时，父亲开始在听众眼前描绘一幅他以梦幻为我们建构的无生命起源[①]画卷，那是一个世代的半有机生灵、伪植物和伪动物，是物质发酵的神奇果实。

---

① 原文为拉丁文“generatioaequivoca”，又译“自然发生”“无生源说”等。该理论认为，生命从无生命的物质中诞生。

上述物种看起来很像生命体，诸如脊椎动物、甲壳动物和节肢动物，但外表很容易误导你我。实际上，它们并无固定形态、内脏组织，仅仅是些胚胎，其中的物质有仿拟倾向，有记忆力，根据习惯来复制从前已接纳的模式。生命形态总体上并非无限，而某些花样在各个物种层面会持续再现。

这类活跃的创造物——对刺激很敏感，却远非真正的生命——或许可以通过将某些复杂的胶体浸入食盐溶液来获取。几天后，这些胶体便逐渐成形，将它们的原质转化为独特的结构，使人联想到低等生物。

以此方法创造的活体，可观察到呼吸和新陈代谢，但化学分析显示，它们不含一丝一毫蛋白质或者碳水化合物。

然而，与特定环境下不时出现的某些千姿百态、辉煌灿烂的伪动物、伪植物相比较，以上原始形式根本算不得什么。旧公寓正是这样一种环境，它们沉浸于四处弥漫的许多生命和事件当中，破败凋敝的氛围里富含人类幻想的特殊成分，颓垣断壁间尽是回忆、怀念和空虚无聊的腐殖质。在此等土壤上，伪植物萌发迅速，但好景不长，它们如寄生虫般蓬勃繁衍，朝荣暮落，孕育短暂易逝的几个世代，突兀而绚烂地绽放，转眼又枯萎凋零。

这种公寓的壁纸一定老旧至极，久已厌烦在所有抑扬顿挫的韵律间连续不断地迁徙移居。难怪它们会坠入遥远、险恶的荒野白日梦之中。家具的内核、实质大概早就松松垮垮并且腐朽变质了，不可能抵抗邪恶的诱惑：于是，在那沉疴难愈、疲惫不堪、横暴野蛮的土地上，如梦似幻而又璀璨多彩的霉菌竞相绽放，好像美丽的斑疹。

“诸位女士，你们知道，”父亲说，“在老公寓里，往往有一些被遗忘的套房。它们一连几个月无人问津，因为缺乏照管而枯败于陈旧的四壁之间，孤立隔绝，墙上覆满苔藓，随即永远在我们的记忆中湮灭，渐渐消失。不少从后部楼梯通往这些屋子的门扉，住户很可能长时间视而不见，于是它们伸展根须，化为墙体的一部分，所有痕迹都融入了裂缝与断纹组成的美妙图案。

“有一次，”父亲说，“深冬的某天清晨，我走进一条已近乎忘记的廊道，好几个月没去过了，那些房间的景象让我大吃一惊。

“所有的地板裂痕、所有的檐头以及侧墙，无不生长着细嫩的枝条，并以树叶闪闪发亮的掐丝花边来填满灰蒙蒙的空间，这片温室丛林里，处处是低语和浮光，不停摇曳晃动，形成一个虚假而幸福的春天。床榻周围，多臂吊灯下面，柔弱的树木沿衣柜生根发芽，在高处绽放它们的明亮树冠与剔透叶子的喷泉，并延伸至屋顶的彩绘天空，不断喷洒绿色精华。雪白和粉红的硕大花朵在树叶间飞快盛开，在我眼前破苞吐蕊，呈现它们粉色的琼浆，向四周泼溅，随后花瓣纷纷凋落，迅速衰败。

“我很高兴，”父亲说，“遇上这场意外的花事，屋内充斥着闪烁的沙沙声和轻柔的低吟，仿佛五颜六色的纸屑拂过纤细的树枝。

“我看到空气在颤动，如同灵光浓郁的发酵剂催生了这个短促的花期，使之显现于世间。绚丽的夹竹桃接连绽放、凋谢，满屋尽是纷纷扬扬的粉红色巨大花簇，就像一场罕见、懒散的暴风雪。

“夜色降临前，”父亲总结道，“繁花似锦的盛况已不见一星半点痕迹。这虚无缥缈的蜃景仅仅是一个骗局，是一场物质的古怪戏仿，伪装成活生生的模样。”

那天父亲活跃得非同以往。他目光狡黠，双眼满含嘲讽之意，不停向外喷射激情和幽默感。突然间，他神情转为严肃，再一次开始审视物质所展示的无限多变、包罗万象的形态和色调。他痴迷于那些边缘的、可疑的、问题缠身的形式，例如通灵介质、伪物质，以及大脑僵硬的挥发质，某种情况下，它们会从沉睡者的嘴巴往外逸出，落到台子上，又如飘浮的细小纤维，弥散至整个房间，化为处于肉体和灵魂边界的星辰面粉团。

“有谁知道，”父亲说，“究竟存在多少种痛苦的、残缺的、支离破碎的生命形式？诸如匆忙间人工钉成的衣柜和桌子这类东拼西凑的生命、用木材制作的十字架，是人类残忍发明的沉默殉道者。彼此陌生、互相敌视的树木，被可怕的手段接合到一起，构成了单一而不幸的个体。

“在我们熟悉的旧衣橱那刷上油漆的木痕中，在它们的脉络和纹理中，包含着多少古老、充满智慧的苦难？谁能从它们之中辨认出受过打磨和抛光而面目全非的往昔容貌、微笑，以及眼神！”

父亲讲这番话时，脸上不断涌现沉思的道道褶子，很像旧桌板表面的木疖木纹，所有记忆均已刨去。那一刻，我们生怕父亲陷入某种僵死状态，他偶尔会发作一回，难以自拔，所幸他很快魂魄归位，清醒过来，并继续说道：

“远古的神秘部族用香料处理尸体，防止腐烂。他们房屋的墙壁上镶满了死者的躯干和面孔。父亲杵在客厅，已改造成木乃伊，他去世的妻子则经过一番鞣制，搁在饭桌底下当脚垫。我认识一位船长，他把情妇谋杀后，交给马来亚入殓师做成枝形吊灯，装在自己的舱室内。她脑袋上顶着一副巨硕的鹿角。

“寂静的船舱里，这颗头颅悬垂于鹿角的枝杈间，几乎碰到天花板，它缓缓抬起眼睫，张开的嘴唇覆盖着一层薄薄的闪光唾液，连续迸发无声的低语。这份宁谧之中，头足纲动物、海龟和巨大的螃蟹如烛台般挂在屋梁上，不停摆划它们的腿脚，爬啊爬啊，却始终原地不动……”

父亲忽然一脸哀戚，忧心忡忡，思绪不知游荡到什么莫名其妙的地方，话锋又转向了新事例：

“我是不是应该告诉你们，”他低声说，“我的亲弟弟，因长年恶疾难愈，逐渐变成了一卷橡皮管，而我那可怜的表妹一天到晚把他放在垫子上，为这个倒霉鬼没完没了地哼唱冬夜摇篮曲。还有比一个人变成一根用于灌肠的橡皮管更悲惨的事情吗？他父母会多么失落，多么惊惶无措啊。他们在那个前程大好的年轻人身上寄托了所有希望，这下子统统土崩瓦解！然而，即使是遭遇如此变故，我可怜的表妹仍对他深爱不渝。”

“啊！我顶不住了……我再也听不下去了！”波尔达靠在椅背上呻吟道，“阿德拉，让他闭嘴。”

姑娘们站起来。阿德拉走向父亲，伸出手指，做了个挠痒痒的动作。父亲大为窘迫，立即一声不吭，连连倒退，惊恐地躲避阿德拉晃来晃去的指头。她不依不饶，恶毒地冲他摆动手指，不停追逐他，直到将他赶出房间。宝琳娜打了个哈欠，伸了伸懒腰。她与波尔达肩膀相抵，四目相望，双双展颜微笑。

尼姆罗德

那年的整个八月，陪我消磨时光的玩伴是一只漂亮的小狗。有一天，它忽然出现在我们家厨房的地板上，动作笨拙而又呜呜叫个不停，散发着奶香和婴儿的气息，还没长好的圆脑袋不断抖动。它像鼹鼠一样，脚掌在身体两侧分开，那是它最精致、最可爱、最柔嫩的部位。

我第一眼瞥见它，这个小生灵便已俘获我孩童的灵魂中所有的狂喜和热情。

这众神宠爱之物如此令人意外地落入凡尘，比最漂亮的玩具更让我们迷恋，它究竟来自哪一方天堂？不妨假设，有一名极其无趣的老女佣突发奇想，在某个大清早的奇妙时刻，把一只可爱的小狗从乡下带到我们厨房！

唉！但是——真可惜！——当幸福降临时，我们竟然不在场，尚未从睡眠的黑暗子宫里爬出。它正在等候我们，笨拙地趴在厨房冰凉的地板上，阿德拉和我家人都不喜欢它。为什么不早些叫醒我！地板上摆放的一碟牛奶证实了阿德拉的母性本能，也证实了——很遗憾——那个已经逝去、我永远错失的瞬间，以及我没能参与其中的哺育之乐。

不过，整个未来正在我眼前展开。诸多经历、尝试和发现即将涌至！生命的秘密，它最本质的奥秘，在我永不餍足的好奇心面前暴露无遗，浓缩成更简单、更灵巧而又如同玩具的形体。我自己拥有这样一个小家伙，简直妙不可言，它是一颗永恒之谜的微粒，呈现那么新颖、有趣的外形，凭怪模怪样激起我心中无尽的讶异、谨慎的敬畏，它是生命之线一次意外的变换，转化为与我们人类截然不同的形态——动物。

动物！激发无限惊奇的家伙，生命之谜的典范，它们被创造出来，似乎是为了让人昭示自己的秘密，使他在万花筒般成百上千的可能性当中展现充裕和复杂，而每一份可能性均引向某个自相矛盾的极限、某种别具一格的丰盈。动物从不钩心斗角，对永恒生命的瑰异显现敞开胸怀，它们饱含仁爱、善意以及富于协作精神的好奇心，而这份好奇心恰恰是渴望认识自我的伪装掩饰。

这只幼犬毛茸茸、热乎乎，纤小的心脏跳得飞快。它有双柔软的耳朵，忧郁的蓝眼睛，粉红的小嘴，你可以把手指伸进去而不必担心任何危险。它的爪子既精致又无害，每个脚趾下面有一颗惹人怜爱的小肉球。它靠这些趾爪急躁、贪婪地爬向牛奶碟，用粉红的舌头舔食，饱餐之后又悲伤地抬起它小巧的鼻子，笨拙地撤离这场牛奶浴，颌毛上还挂着一滴奶珠。

它步子蹒跚，左摇右摆，以微醉的姿态沿着一条方向未定的路线曲折前进。它骨子里透着莫名的哀伤，孤雏般凄凉无助，根本没能力填补两顿丰盛饭食之间的空虚生活。这导致它举止缺少章法，动作毫无条理，会没来由地陷入忧愁，悲戚地呜呜叫唤，并且难以在任何地方安顿。即使处于沉睡之中，蜷成瑟缩的小小一团，以便满足自己依赖和受保护的渴念，无家可归的孤独感仍然伴随着它。哦，生命，幼小而脆弱的生命，从温暖舒适的子宫里，从可堪信赖的黑暗中来到一个广大、陌生、明亮的世界！它那样畏缩，裹足不前，迫于无奈地接受了自己的经历，而内心是何等厌恶与沮丧！

不过，渐渐地，小尼姆罗德（我们赋予它这个骄傲而勇武的名字[①]）开始品尝生活。它一心一意想重回母体的欲望已让位于五花八门的众多诱惑。

世界着手为它设置陷阱：不同食物未知而迷人的味道，投映于清晨地板的四边形阳光（趴在上面一定很舒服），它肢体、脚爪和尾巴的运动，无不调皮地挑逗它跟自己玩游戏，而人们的爱抚会让它越发活泼，身上溢满愉悦，生成一股全新的欲求，向往激烈、大胆的行动。这一切，都在引导、劝诱、鼓励它接受并屈从于生活的体验。

此外，尼姆罗德开始明白，它所有的经历，尽管看起来新奇，实际上早已发生过很多次，甚至是无数次。它身体能辨识不同情境、印象和物体，但没有什么让他感觉特别惊奇。面对每一个新

---

① 尼姆罗德，《圣经》中作宁录，诺亚的曾孙，是一位英勇的猎手。

景象，它会潜入自己的记忆，深深潜入自己的身体记忆，狂热地胡乱搜索一通，从自我中探寻恰当的应对方式，预先做好准备：世世代代的智慧已融入它的血液，植入它的神经。它找到的手段和决定，连自己都意识不到，其实它们久已成熟，只等脱颖而出。

它幼年生活的场景，摆放辛辣小桶的厨房、散发复杂而诱人气味的地垫、阿德拉拖鞋的嗒嗒声，以及她吵闹的来来去去，已不再让它感到害怕。它开始把厨房视为自己的地盘，不再拘束，并逐渐产生一份模模糊糊的归属感，近乎对家园的归属感。

除非，有一场冲洗地板的灾难突然降临到它头上，将自然的律法摧毁：热乎乎的碱液四处飞溅，擦亮所有家具，阿德拉手中的地板刷造成阵阵不祥的刮擦声响。

但危险很快过去，刷子一动不动，归于沉寂，静静躺在角落里，逐渐变干的地板散发着令人愉快的潮木味儿。尼姆罗德又一次恢复正常的权利，在自己的地盘上重享自由，它受到一股鲜活渴望的驱策，用牙齿咬住一块旧地毯，使尽全身气力左扯右拽。事物的和谐安宁给予它无可言喻的欢愉。

突然间，尼姆罗德停了下来。它身前三步之遥的地方，有只黑色的怪物正在逼近，这丑陋的家伙飞速爬动，许多条腿纠缠在一起。尼姆罗德深感惊骇，目光紧随这只闪亮昆虫七弯八拐的行进路线，注视着它那扁平、无头的躯体凭借蜘蛛似的细足，展开怪诞离奇的运动。

此情此景让尼姆罗德心潮澎湃，某种它还无法理解的情绪开始成熟、膨胀，类似于愤怒或恐惧，其实是一股欣喜，伴以力量、自信和攻击所引发的一阵战栗。

它趴在前爪上，一遍又一遍发出连自己都感觉陌生的吠叫，与它平时的呜咽声完全不同。

它一而再、再而三地重复这种又单薄又抖颤的高音，惊慌失措。

然而，受到冲动的驱使，尼姆罗德以一门新语言呼唤那只昆虫实属徒劳。蟑螂的头脑根本没办法应付这样的长篇大论，这只虫子以源远流长的蟑螂礼仪所认可的动作举止，继续自己歪歪扭扭的旅程，逃向房间的一角，

尽管如此，厌恶的感觉尚难以在小狗的灵魂中持久而深刻地留存下来。刚刚被唤醒的生活之喜悦，把它每一种情绪统统转化为欢乐。尼姆罗德仍吠个不停，但叫声的含义已悄然改变，成了对自己的戏仿——试图表达生命中这起非凡事件不可言说的美妙，它充满刺激，充满意料之外的兴奋和痛快淋漓。

潘[1]

棚屋与仓库后墙之间的角落有一条死胡同，它是庭院最偏远、最末端的部分，处于小木房、厕所和墙壁的包围之中，这里非常僻静，不通往任何地方。

此处是这片土地的终点，是那个院子的直布罗陀，它万念俱灰地一头撞向以横木封死的栅栏，撞向这个世界闭合的、最后的围墙。

长满苔藓的木板下方，渗出一条散发恶臭的黑色小溪，这道脏兮兮、油汪汪的烂泥静脉，从没干涸过，它是穿越栅栏边界、进入广袤天地的唯一途径。这条臭巷子依靠自身的绝望，长年冲撞堤坝，以致某块宽大的横板松动了。于是我们男孩子便包揽剩余的活计，把沉重、遍布青苔的木板从它原来的位置上拆卸移除。

---

① 希腊神话中的牧神，赫尔墨斯之子，拥有人类的头颅和身躯，以及山羊的犄角、耳朵和腿。在希腊神话里，半人半羊的潘是创造力、音乐、诗歌与性爱的象征，同时也是恐慌与噩梦的标志。

就这样，我们辟出一个缺口，在阳光下捅开一扇窗。庭院内的囚徒可以从缝隙间横身往外钻，踏上那块丢在泥洼里充当渡桥的板子，步入一个崭新、清凉而浩瀚无边的世界。那儿有一座既宏伟又蛮荒的旧花园，高大的梨树和绿荫如盖的苹果树在广阔的地域间旺盛生长，银光闪烁，飒飒直响，构成一张白色泡沫的罗网。起起伏伏的地面上，未经割刈的杂草到处蔓延，葱茏似轻柔的绒毯。这儿的草甸覆满羽状的叶片，野生欧芹和胡萝卜精致如工艺品，粗糙起皱的金钱草叶穗和疯长的荨麻散发阵阵薄荷的清香，坚韧而灼亮的车前草锈色闪闪，大肆喷射着又肥厚又红艳的籽实。这一切，混乱而丰盛，无不沉醉于温柔的气味之中，受到蔚蓝的长风吹拂，被夜色所浸透。躺在草地上，你将身处云团和所有飘移大陆构成的全体蓝色地形之下，并把整张恢宏的天国地舆图吸入胸怀。通过与空气这番交流，纤柔的头发已经在草叶草茎上铺开，形成一层细绒和竖起的钩状硬毛，仿佛是要捕捉并留住鲜氧的激流。这层精细、发白之物使草叶和大气连为一体，赋予它们一抹天穹波浪的银灰色，以及两道闪耀的太阳光之间的阴暗沉思。其中有一类泛黄的植物，苍白的茎秆内贮满乳白汁液，因充入空气而膨胀，从它中空的嫩枝向外释放纯净的气息，并吹出松软、纯净的奶白色绒球，它们由微风到处播撒，轻柔地融入整片蔚蓝的寂静。

这座花园广大无边，分支众多，拥有不同的区域和气候。它开放的一侧充满苍穹与大气的奶水，在天空下铺展其最柔软、最精致、最毛茸茸的绿意。然而，越是陷进自己的某条悠长小径之中，它就越是显著变暗，直到沉入一家废弃的苏打水工厂后壁的阴影，同时它还愈发阴郁、冷漠，狂乱粗野地四处撒种，荨麻丛生，藿香蓟密布，各式各样的杂草肆虐成灾，最终，在围墙之间一个宽阔的长方形凹陷里，它摆脱所有约束，流向癫狂。此处已不再是果园，而仅仅是狂躁的发作，是怒火的迸射，是玩世不恭的寡廉鲜耻和荒淫放荡的大爆发。空虚、野蛮的牛蒡在此摇来晃去——这伙为数众多的凶残巫婆，放纵她们的热情，在光天化日之下把她们宽大的裙子一条接一条脱掉、丢开，直到这个喜欢吵闹的杂种部族全被埋在它自己臃肿不堪、沙沙作响、尽是孔洞而又发疯地缀满补丁的破布下方。那些贪婪的裙子不断扩张，延展，形成一个巨垒，层层流溢，彼此交叠，它们在膨胀、繁茂的金色树叶堆中一同生长，直抵仓房的低矮屋檐。

就是在这儿，我生平第一次，也是仅有的一次，从正午令人窒息的热气之中看见了他。那一刻，狂暴的时间摆脱事件的日常秩序，犹如一名逃亡者边跑边嚎叫，越过田野。这个夏天已经一发不可收拾，它在所有空间里毫无章法、毫无节制地增长，在所有方向上以狂野的冲动两倍、三倍地增长，演变成某种另类的、退化的时光，演变成一个未知的维度，演变成疯狂。

当时，我正沉浸于捕蝴蝶的火热之中，沉浸于追逐那些灼灼发亮的斑点、那些飘忽不定的白色花瓣的激情之中，它们在酷暑的空气里颤颤悠悠，没精打采地留下锯齿形轨迹。恰好有颗光点在飞行中一分二，再分为三——这个闪闪烁烁、迸发耀眼白光的三角形像一团鬼火，引领我穿过饱受骄阳炙烤的发狂蓟草丛。

我一直走到这块牛蒡地边缘，才停下脚步，不敢深入这片沉默的空洞。

这时，突然间，我看见了他。

他就蹲在我面前，胳肢窝以下隐没在牛蒡草中。

我看见他背膀宽阔，穿着脏兮兮的衬衫、破烂污秽的外套。他低伏于此，仿佛正准备一跃而起，佝偻的双肩好像承受着千斤重压。他呼哧呼哧直喘气，汗珠从他古铜色的脸庞上滚落，因太阳的照耀而闪光。他纹丝不动，似乎正在辛苦劳作，正在与巨大的负担展开搏斗。

他的凝视将我抓住，钉在原地，让我动弹不得。

这是一张流浪汉或者醉鬼的面孔。一绺脏头发乱糟糟地耷拉在脑门上，他前额又高又圆，好像一块经受河水冲刷的鹅卵石的隆起部分。但这片额头历尽沧桑，布满深深的皱纹。我不知道是疼痛，是太阳的灼烤，还是他超越常人的辛劳深深地蚀入那张脸庞，使之面目狰狞，几近绽裂。他黑色的眸子满含极度的绝望或苦楚，恨不得把我戳穿。这双眼睛在注视我，可又没有注视我，它们看到了我，又根本没看到我。两颗眼珠似将爆裂，因极端痛苦或欣喜若狂而扭曲变形。

忽然，那张歪斜得无以复加的面庞，被苦难拧成一个鬼脸，它不断生长，承受了自己闻所未闻的疯狂和启示，并因此而鼓胀，越来越扭曲，直到它在一阵咳嗽大爆发似的嘶哑笑声中挣脱桎梏。

我深感震惊，目睹他慢慢从蹲伏变成直立，轰响的笑声从男人强健的胸腔涌出，他像只大猩猩一样躬身驼背，两手插在松松垮垮的破长裤里，撒腿狂奔，以大步的跳跃穿过金属薄片般拂动不已的牛蒡丛，这个没带笛子的潘神，惊惶地窜入他生于斯长于斯的荒野林莽之中。

卡罗尔先生

星期六下午，我叔叔卡罗尔，一个离婚的单身汉，步行前往距镇子大约一小时路程的度假村，探望已经去那里消夏的前妻和孩子。

自从他妻子离开后，公寓再没有清扫过，床铺也一次都没有整理过。卡罗尔回家很晚，夜间的狂欢使之遍体鳞伤，那些闷热而空虚的日子就这样拖着他向前走。皱巴巴的、冰凉的、凌乱不堪的被褥，对男人来说犹如一个幸福的港湾，他好像一名在暴风骤雨的大海里漂流了许多个昼夜的落水者，依靠最后一丝力气登上这座避难的小岛。

他在黑暗里摸索，置身于白色的云朵间，置身于一堆一堆冰凉的羽绒间，继而不辨方位地陷入昏睡，脑袋朝下，直抵床脚，他一头撞进铺盖的温柔浆液中，仿佛想在自己的睡眠里穿过它们，游遍这团晚间不断生长的、庞大的棉被块垒。他在梦中与这些铺盖搏斗，好似一名泳者与浪潮搏斗。他用自己的身体搓揉它们，搅拌它们，犹如跌进了一只巨大的抟面盆内。他在灰色的黎明醒来，气喘吁吁，满身臭汗，午夜的艰苦肉搏所没能制伏的被褥堆已将他抛到圈外。于是，他在睡眠深处半途而废，在夜晚的边缘昏昏沉沉悬挂了片刻，将空气贪婪地吸入肺部，与此同时，被子褥子在周围壮大，膨胀，骚动，再次用一大坨沉甸甸、白花花的发面团把他吞噬。

就这样，他睡到上午很晚才起床，枕头已排列成一个辽阔的白色平原，他沉静的睡梦在其上漫游。沿着那些素洁的公路，他渐渐苏醒，重归白昼，恢复意识，并最终睁开眼睛，如同一位火车停站时熟睡的乘客。

浓厚的昏黑，以及沉积多日的孤独和寂静充斥房间。窗前，大群苍蝇在沸腾，垂帘烨烨闪亮。卡罗尔先生打了个哈欠，昨天的残余从身体洞穴的深处倾泻而出，这个哈欠使之痉挛不已，好像要把他由内及外整个儿翻过来。于是乎，男人将前一日的沙土、负担和还没有消化的食物渣滓，统统抖落殆尽。

经过这么一番收拾，他感到更为舒畅，开始往本子上记录自己的开支。他罗列数字，把它们加总，浮想联翩。他长时间躺着一动不动，呆滞的双眼往外鼓突，湿乎乎的，颜色像水一样。屋子里，昏暗四处流溢，窗帘外闷热白天的反光照亮了男人的眼睛，它们如同两面小镜子，映现所有明晃晃的物体，包括穿透窗缝的斑驳阳光、帘布的金黄矩形，它们又如同一滴水，将整个房间的沉寂地毯以及空座椅悉数纳入其中。

此刻，窗外的晴昼响彻苍蝇的嗡鸣，它们被太阳炙烤得发狂发疯。窗户没法承受这股白焰，而窗帘在灼亮的光波里陷于眩晕。

然后，卡罗尔直起身子，在床上坐了好一会儿，不由自主地连连呻吟。男人三十岁左右，开始发胖，脂肪不断增多，并且备受纵欲的折磨，但生命的汁液依然丰沛、泛滥，似乎他未来的命数正在宁谧中缓缓熟透。

他迷迷糊糊、呆若木鸡地坐在床头，听任一切转化成新陈代谢、呼吸循环，以及生命浆汁的深深搏动，在他不停冒汗、各处覆满毛发的身体内部，难以描述的未知运道正逐渐形成，犹如一团恐怖的肿块正匪夷所思地快速生长，进入一个尚未明确的维度。他并不怕它，因为他已确信，那神妙莫测、无比恢宏的事物必将实现。在奇异的顺从中，他毫无抵抗地陪伴它一同生长，沉静的恐惧使之麻木，因为从那些巨大的繁盛里，从那些在他反观内视之下成熟的怪诞肉瘤里，男人已看到自己将来的命运。他用一只眼睛小心翼翼地朝外部世界瞥去，仿佛迷失于另一片空间。

最后，他从无意识的沉思之中，从迷茫的远处，又一次返回现实。他看到地毯上自己的双脚，又肥又嫩，好像女人的双脚，慢吞吞地解开他天天要穿的衬衫袖子上的金色袖扣。随后，他走进厨房，从一个幽暗的角落中找到一只水桶，沉默、警惕的镜子，正在那儿等候他——这个空荡荡的公寓里唯一有情感的生物。他把水倒进脸盆，体验它给自己的皮肤带来清新、甜美、滑腻的湿润感。

他认认真真、不慌不忙地梳洗打扮，慢条斯理，在每个动作之间久久停顿。

这套公寓荒芜而空寂，对他并不认可，家具和墙壁以无声的谴责注视男人的一举一动。

他一旦走进这片宁寂，便觉得自己是一名入侵者，身处海底王国，独立于外界的时间在此奔流不息。

他拉开自己的抽屉，感觉像在做贼，不由自主地踮脚走路，生怕弄出什么可怕的动静或刺耳的噪音，这些声响极为敏感，正在等待足以让它们爆发的最微不足道的由头。

最后，他从一个衣柜鬼鬼祟祟地走向另一个衣柜，一件接一件地找到自己需要的各种东西。他在家具间穿戴整齐，而它们神色漠然，默默忍受着这个男人。终于，他手执礼帽站定，准备离开，但即使在这临别的时刻，他仍然感到尴尬，找不到什么言辞来消解那份充满敌意的沉默，于是他朝大门徐徐走去，脑袋耷拉着，而与此同时，镜子深处有个家伙永远背对着他，正往相反的方向缓慢移动，穿过一重重并不存在的空房间。

肉桂色铺子

在最为短暂而困乏欲睡的冬日里，在清晨和傍晚毛茸茸的、昏黄的边缘之间，当小镇越来越陷进冬夜迷宫的深处，又由转瞬即逝的黎明勉强召回并摇醒，我父亲已经走火入魔，将自己出卖、抵押给了另一个世界。

那时候，他脸上头上覆盖着浓密而芜杂的灰发，它们大簇大簇地胡乱生长，如同猪鬃和长长的毛刷，从疣子、双眉以及鼻孔内钻出来，使他看上去活像一只好斗的老狐狸。

父亲的嗅觉听觉变得异常敏锐。沉默而紧张的脸色表明，他借助这两类感官，正与一个隐形的世界持续接触，当中满是昏暗的角落、老鼠洞、烟囱管道，以及地板下空荡荡的发霉场所。

任何刮磨之声，任何夜间噼里啪啦的动静，以及嘎吱作响的隐秘生涯，均逃不过他这位细致而警觉的侦察员、这名偷窥者和共谋犯。父亲已无可挽回地沉沦于那个旁人难以触及的领域，而他从未试图向我们解释它究竟是什么。

通常，当这个看不见的世界太过荒诞可笑时，父亲只好轻叩手指，顾自微笑。他会与我们家那只猫交换一道眼色，它同样进入了那个领域之中，正抬起神情漠然、玩世不恭、布满纹路的脸孔，眯起厌倦、冷淡的斜眼睛。

吃饭时，父亲会中途放下刀叉，如猫科动物般立起，脖子上还系着餐巾，他蹑手蹑脚走到隔壁的空房间，极为谨慎地往锁孔内窥望。然后，他回到餐桌旁，似乎挺羞愧，面露尴尬的微笑，嘴里嘟嘟囔囔，嘀咕个没完，与他沉溺其中的内心独白相鸣相应。

为了分散父亲的注意力，使之远离病态的寻根究底，母亲会在傍晚拽上他外出散步，他一声不吭，从未反对，只是没精打采，心不在焉，恍恍惚惚。有一回，全家人甚至走到了大剧院里。

我们再度置身于那座格局恢宏、光线黯淡且脏污不堪的大厅，其间充斥着昏昏欲睡者嘈杂的混乱和骚动。但当我们奋力挤过人群，便隐约看见浅蓝色的巨幕，仿佛是另一个世界的天宇。许多鼓胀的脸颊戴上硕大、粉红的面具，在它宽广的帆布汪洋上浮荡。这片人造的玄穹大肆扩展，向下方及两侧流泻，以一股鲸吞海吸的悲怆和雄姿不断翻滚，而那个世界又虚假又辉煌，它在此创建，屹立于脚手架嘎哒嘎哒直响的舞台之上。这片苍穹的巨脸掠过一阵战栗，犹如辽阔帆布的一次呼吸，令诸多面具隆起并获得生命，它背叛了天空的幻象，引发了现实的震颤，让我们在超凡绝尘的时刻体验到无比神妙的微微闪光。

那些个面具眨动它们的红色眼皮，五彩缤纷的嘴唇无声地喃喃自语，我知道，当这份隐秘的紧张达至顶点，当帷幕的肿胀天穹果真绽裂分开，呈现使人惊奇骇异而心醉神迷的事物，那个时刻便近在眼前了。

但我注定无缘品味此等时刻，因为父亲这会儿开始流露焦虑的神情，他掏遍自己的口袋，最后宣布忘了带钱包，里边不仅有钞票还有一些重要文件。

他与母亲简单商量了一下，并偷空对阿德拉的诚信展开了一轮仓促、广泛的评头论足，最终决定派我回家找钱包。根据母亲的说法，离节目上演还早，而我又那么灵活，及时折返实在是轻而易举。

我走到室外，步入星空燎朗的冬夜。这是一个明亮的晚上，繁星遍布穹宇，如此浩瀚无垠，枝杈繁密，几乎土崩瓦解，支离破碎，切割为一座由许多独立天堂组成的迷宫，丰富得足够用于分给整整一个月的冬季之夜，并以经过涂染的银色星球来覆盖晚间的所有景象、历险、丑行和狂欢。

在这样的夜晚，派一个小男孩去办一件重要、紧急的差事，是不可原谅的鲁莽之举，因为半明半暗的街道能够自我复制，它们横斜交错，似乎互换了位置。在市镇深处，可以说，双倍的街道、影子的街道，以及虚妄荒诞、引发错觉的街道，无不纷纷敞开。想象力受到蛊惑和误导，制造出一张貌似久已熟知的假地图，上面的街道具有自己的位置与名称，而繁殖力无穷的夜晚正不断虚构新布局。冬夜的种种诱惑通常始于我们天真地打算抄近路，穿越一条不太熟悉而又快捷的巷子。当你企图跨过一个陌生的十字路口来缩短复杂的路程，奇妙组合的交汇点随之生成。但是，差异也由此发端。

我走了几步，发现自己没穿外套。正要回头，却又觉得这是浪费时间，因为当晚一点儿也不冷，相反，不乏奇异的暖流如经络般散布其间，好比某个虚假春天的阵阵微风。雪花缩小成白色绒毛，化为纯净而甜美的纤云，散发着紫罗兰的芳香。夜空簌簌地飘下这些细绒，月亮增大了两三倍，同时展示它所有的形态与相位。

那一晚，天穹的内部结构袒露无遗，犹如许许多多解剖样本，呈现出光芒的旋涡和脉络、夜晚青绿色肿块的切片、空间原浆以及夜梦的身体组织。

在这样一个夜晚，你不太可能沿着波德瓦列大街或者其他任何一条黑乎乎的街道往下走，它们构成了市集广场四边的反面，也可以说是衬里，而我并不清楚那些既诱人又古怪的商店是否还剩下两三家尚未关门，平时，它们总被忽略。我称之为肉桂色铺子，原因是它们镶着深色的护墙板。

这些相当气派的铺子，会开到很晚，向来最让我心驰神往。

它们灯光微弱，昏暗而庄重，内部弥漫着颜料、油漆和熏香的气味，弥漫着遥远异邦的馥郁、珍稀物产的芬芳。你会在此找到孟加拉灯盏、魔法匣子、久逝国度的邮票、中国剪纸、靛蓝染料、马拉巴尔的松香、诡异的昆虫卵、鹦鹉、巨嘴鸟、活蹦乱跳的火蜥蜴和皇冠鬣蜥、曼德拉草根、产自纽伦堡的机械玩具，以及装进小罐子的矮人、显微镜与望远镜，尤其还有罕见而奇特的书籍，诸多充满非凡插图和精彩故事的古老卷册。

我仍记得那些年长、庄严的商人，他们服务主顾时目光低垂，恭谨、沉默而又饱含智慧，洞悉对方最隐秘的愿望。不过，关键是那儿有一家书店，我曾在里边看到许多罕见、违禁的作品，这些秘密社团的出版物揭开了既使人痛苦又使人陶醉的种种奥义的面纱。

光顾这些店铺的机会并不多——何况我口袋中还有一笔数额虽小却已足够的现金。这个机会不容错失，尽管本人肩负重任。

我估计，眼下必须走进一条小巷，穿过两三个街区，才可能抵达临街的夜间店铺。这会令我离家越来越远，但只要返程时走盐场街，就能补回耽搁的时间。

我从探访肉桂色铺子的渴望中借得一副翅膀，拐进一条熟悉的街道，举步若飞，担心自己会迷路。就这样，我接连穿越三四个十字路口，然而那条街仍未出现。此外，道路的状貌与我印象中的模样已大不相同。店铺不见踪影。我走在一条街上，两旁的屋宇没有房门，窗户紧闭，由于月光反射而无法看到室内的情形。我想，那条街肯定位于这些房子的另一侧，即它们入口所在的一侧。我焦急地加快了步伐，没再指望自己还能够探访什么铺子，只盼尽快离开此地，返回熟悉的城区。我走近一个出口，满心忧虑，吃不准它通往何方，随即踏上一条宽阔、房屋稀少、又长又直的大道。从空旷地带刮来一阵疾风。路边和花园深处，矗立着华美的别墅，全是有钱人富丽堂皇的宅邸。在它们之间，果园的围墙和公园历历可睹。从远处看，这景致让我回想起莱什尼亚斯卡大街那片地势低洼、人迹罕至的区域。月亮苍白，明耀如昼，光芒分解成千千万万绺线绳，好像天空中银色的鳞片，唯有黑魆魆的公园和花园在这银白的风景下隐隐若现。

走近细观其中一幢建筑，可以断定，我眼前是一所中学的背面，以往从没见过。我迈向入口处，惊讶于楼门洞开，长廊灯火通明。走进去，便站在一条铺着红地毯的过道上。我巴望能神不知鬼不觉地穿越这栋楼房，从正门离开，如此一来路程将大为缩短。

我想到，尽管已经很晚了，阿伦特教授开设的选修课肯定还没结束，它往往一直持续到深夜，而我们受到这位卓越教师的激励，内心燃烧着绘画的崇高热情，大冬天聚集在学堂里听讲。

我们这一小群学生无人缺席，共同迷失在那间广阔、幽暗的教室之中，两根燃烧于瓶子颈部的细蜡烛，将各人脑袋的阴影，越变越大、四分五裂的阴影，投射到墙壁上。

其实，我们当中的许多人并没有利用课堂时光作画，教授的要求也并不严苛。少数几个学生从家里带来枕头，躺在长凳上小憩。唯有最用功的伙伴才会坐在孤零零的蜡烛旁，在它放射的金色光晕下画个不停。

教授迟迟不来，我们通常要等上很久，百无聊赖，闲谈令人昏昏欲睡。终于，大门推开，他走入教室，这个胡须漂亮的小矮子，笑容神秘，谨慎低调而又难以捉摸。他飞快地关上身后的房门，而在它即将闭合的瞬间，我们看见一排残缺不全的经典石膏像把阴影投射到他脑袋上方，那是悲痛的尼俄柏、达纳伊德和坦塔里德，整整一座哀伤、贫瘠的奥林匹斯山，已在这个石膏像博物馆内荒置多年。即使是白天，房间依然昏暗，困倦不堪地流淌着石膏像的美梦、空洞神情、模糊轮廓，以及融入虚无的沉思默想。有时候，我们喜欢在门口偷听——蛛网间挂满叹息，外加颓垣断壁和诸神黄昏的沉寂低语，它们在无聊乏味中渐渐冰消瓦解。

教授沿着长凳庄重、得体地踱步，而我们三三两两端坐其上，在冬夜的灰光里作画。四下宁谧，让人渴睡。好些同学已安然入梦。瓶中的蜡烛缓缓燃尽。教授正醉心于那只放满古籍、老插图、木刻和印刷物的玻璃柜子。他以深奥的手势向学生展示陈旧的版画，它们呈现了傍晚的景致、夜色笼罩的树丛，连同冬季因白色月光映照而越发黑暗的公园林荫道。

昏昏沉沉的交谈中，时间偷偷溜走，它并非匀速消逝，似乎是在光阴的河流里打上了许多结，又在某个地方吞下整段空闲。不知不觉，毫无场景转换，我们发现自己正循着白雪覆盖的小径回家，道路两旁是枯黑的灌木丛。我们走在毛茸茸的黑暗边缘，踏过熊皮似的榛莽，脚下传出咔嚓咔嚓的枝条断裂声，无月的晚上十分明亮，尽管已过午夜，依然弥漫着虚假的乳白色昼光。飘旋的细雪、苍白的空气，以及白似牛奶的空间，散逸着白光，如同蚀刻版画的灰纸，茂密树丛的笔触和线条在浓黑之中彼此缠络。

凌晨时分，这个深宵也开始复制阿伦特教授版画的系列夜景，延续他奇妙的想象。

公园漆黑的树丛内，它灌木的绒毛、它众多柔嫩的细枝间，鸟巢与兽穴藏在最深、最幽隐的黑暗里，混乱无序，尽是秘密的姿势和断断续续的肢体语言。这些巢穴松软而温暖。我们穿着厚实的毛外套，坐在轻柔的夏天积雪上，用坚果填饱肚皮，那个和煦如春的冬季处处是榛树与榛子。紫貂、黄鼠狼及狐獴悄然穿过灌木丛，这伙小动物浑身披毛，体长而爪短，东嗅嗅西闻闻，透着皮臭。大伙怀疑，它们当中有一部分是来自学校陈列室的标本，虽已掏去内脏，拔去粗毛，那些空无一物的腔体仍在这个亮堂堂的夜晚传出古老本能的声音——求偶的声音，它们返回自己的窝洞，只为过上短暂的虚幻生活。

可是，春雪的光泽逐渐暗淡、消失，破晓前的浓稠黑暗随之而来。我们中有些人在温暖的雪地上睡去，另一些人在密密层层的灌木丛里摸索，以便找到回家的路径。他们走进幽深的暗处，走进父母和兄弟姐妹们的梦境，落入延绵不绝的深沉鼾声之中，并追随它踏上迟晚的归途。

对我来说，夜间的课程充满神秘的魅力，眼下绝不能放过朝美术教室里张望片刻的良机，因此我决定在此逗留一两分钟。但是，从后面的楼梯往上爬时，伴随着脚下的松木板脆响不断，我意识到自己正置身于这栋建筑的某个完全陌生、迄今还没来过的部分。

绝无一丝最轻微的声音搅扰此处的庄严宁寂。这一翼的走廊更宽敞，铺着华美的地毯，优雅精致。微暗的小灯悬挂在转角。拐个弯，我发现眼前的廊道越发空阔，如宫殿般辉煌。其中一面墙壁开有一扇宽大的玻璃拱门，通往厅室内部。我眼前是长长一排房间，纵深极长，富丽堂皇的装饰令人眼花缭乱。丝绸帷幔、镶金边的镜子、昂贵的家具和水晶吊灯使我目不暇接，奢华的套房内部满是轻柔的天鹅绒，处处五彩斑斓，大量装饰花纹、盘绕的花环以及含苞欲放的花蕾闪闪发光。走廊空空荡荡，深沉的寂静植根于镜子们互相递送的隐秘眼神之中，恐慌的氛围沿着墙壁上方的饰带传导，并消失在粉刷一新的白色天花板里。

面对如此豪华的景象，我既钦羡又敬畏，不禁揣测这趟夜间的冒险之旅意外地把本人带向了校长居住的那一侧楼房，来到他私宅门前。我心脏怦怦乱跳，因为好奇而呆呆站在原地，随时准备逃离，只要听见哪怕最细微的一道响声。倘若被人发现，我该如何为自己晚间的乱闯开脱，该如何辩解这次胆大妄为的窥探活动？校长的小女儿或许正深深陷在舒适的躺椅里，悄无声息，不易察觉，并突然从书本上抬起双眼，朝我望来——她先知般宁静、乌黑的眸子让任何人都无法直视。可是半途而废，放弃原定目标，实乃怯懦之举。再说，这些精美华丽的房间处于绝对寂静的笼罩之下，灯火幽暗，很难判断时间。透过走廊的一道道拱架，在宏伟厅堂的遥远另一端，我看到一扇巨大的玻璃门通向露台。四周阒寂无人，让我勇气倍增。似乎不必冒多大风险，就可以走下几级台阶，前往地面的一层，再三蹦两跳越过宽大、华贵的地毯，到达露台，从而轻易地返回我熟悉的街道。

我说干就干。下楼来到铺设镶木地板的房间，头上是盆栽的棕榈树，枝叶直抵屋顶的装饰花纹，我意识到，自己其实站在一片中间地带上，因为这个房间并无前壁。它可以算是一类敞廊，通过两三级台阶与市镇广场相衔接，成为它们的一部分，而某些家具什物已摆到人行道上。我跑下几级石阶，再一次回到街头。

众多星座以险峻之姿在苍穹中倒立，所有星星都翻身转向另一边，而月亮隐藏在羽绒似的小小云朵里，虽然看不见，却光照四方，仿佛它身前尚有无穷无尽的路途要走，因此沉浸于自己错综复杂的天体运行，无暇顾及黎明将至。

大街上，几辆残破不堪、濒于散架的出租马车隐约显现，犹如跛脚的、瞌睡的螃蟹或蟑螂。车夫从他高高的座位上探出身子。他脸庞又小又红，神情温厚。“去哪儿，先生？”他问道。肢节繁多的车厢开始抖动其结纽和韧带，转起轻便的轮子，向前驶去。

然而，这样一个夜晚，谁会把自己托付给一名心血来潮、不负责任的马车夫？在轮辐嘎哒嘎哒的响声中，在车厢车顶轰隆轰隆的响声中，我和他为去往何处而产生分歧。他漫不加意，点头赞同我所说的每一句话，自顾哼着小曲儿，驾着马车在城里绕来绕去。

几个马车夫站在一间酒馆门前，朝他亲切招手。他兴奋地回应，把缰绳丢到我膝盖上，甚至没让马车停驶，便跳下座位，加入到他这帮同行之中。那匹马，套辕的聪明老马，漠然地扫视周遭，随即迈开拉车马儿固有的沉稳步子，小跑前进。实际上，这匹马使我信心百倍——它似乎比自己的主人更机灵。但我并不懂得如何驾车，只好听之任之。我们沿一条郊区的街道行驶，两旁全是花园，随着马车越行越远，它们逐渐让位于树木繁茂的公园，并最终转变成林地。

我永远不会忘记这个闪亮冬夜的光明之旅。晚空五颜六色的地图已扩展为一座广大无边的穹顶，奇幻的陆地、海洋远远浮现，刻满星辰的涌流和旋涡，以及天国地理学的明亮线条。大气清澄，灼烁如银质的丝网。紫罗兰的芬芳到处弥漫。松软似卡拉库尔[①]羊毛的积雪下方，颤动的银莲花探出头来，每朵娇嫩的花苞都盛着熠熠生辉的月光。整座森林好像被上千盏明灯，被十二月份的漫天流星所照亮。空气与隐秘的春季，与雪花和紫罗兰不可言说的纯洁一同呼吸。我们进入丘陵地带。山头的轮廓线铺满树木的秃枝，恍如幸福的叹息逐渐升向天穹。我在无比欢欣的山坡上看到一队漫游者，麇集于苔藓、灌木和瑞雪浸润的陨星之间。路越来越陡，马匹蹄子打滑，竭力拉动嘎吱嘎吱作响的车厢。我很是高兴，开怀汲取那令人愉快的春天气息，以及星辰和雪片的清冽。马儿胸前白泡沫似的积雪越来越高，它从这些纯净、新鲜的堆垛中奋力辟出一条道路。最终，马车停住，我从车厢跳下来。马儿气喘吁吁，耷拉着脑袋。我将马头抱在怀里，它黑色的大眼睛泪花闪烁。这时，我注意到马肚子上有一圈乌紫的伤痕。“为什么不告诉我？”噙着泪水，我低声问道。“亲爱的，这是为你好。”马儿说。它突然变小，活像匹小木马。我撇下它离开，奇异地感到轻松愉悦。是等待经停此地的小轮火车，还是直接走回市内？我沿着一条陡峭蜿蜒的林间小路前行，起初步子又轻快又灵活，继而一鼓作气，撒欢猛跑，不久便风驰电掣有如滑雪。我可以随心所欲地调整速度，凭借敏捷的动作改变方向。

抵达城镇边缘时，我放慢了凯旋的疾奔，步伐理智而从容。

---

① 吉尔吉斯共和国东部城市。

月亮仍高悬天际。苍穹的蜕变无休无止，千形万状的拱顶幻化成越来越繁复的结构。夜空像一块银质星盘，敞开它内部迷人的机械装置，展示它镀金的齿轮和飞轮那永无停息的数学运算。

在集市广场，我遇到了悠闲散步的人群。他们陶醉于夜晚的景致，抬头仰面，沐浴着瑰异天空洒下的银光。所有关于钱包的忧虑已统统离我远去。而父亲因为沉迷在自己的诸多怪癖之中，很可能早就把他没拿钱包这档事忘了个一干二净。至于母亲，我并不在乎她怎么想。

这个一年当中独一无二的夜晚，世人深怀喜悦，福至心灵，体验到神圣手指的先知式触碰。我满脑子创意和灵感，正准备回家，却碰见几个将书本夹在腋下的同窗好友。他们被那一晚迟迟不愿消退的夜光唤醒，早早起床上学。

我们结伴沿着一道陡坡向下走去，微风吹送，紫罗兰飘香，难以确定给积雪镀上银辉的，究竟是夜晚的魔力，还是逐渐升起的黎明曙光……

鳄鱼街

父亲在那张深邃书桌最底层的抽屉里，保存着一幅古老而美丽的本镇地图。

这一整卷对开的羊皮纸，原本用亚麻布条捆扎，是一张巨大的、从高处鸟瞰的全景式挂图。

铺展在墙头，它几乎横跨整个房间，提斯米安尼卡河谷的广阔远景一览无余，如同一条蜿蜒向前的淡金色缎带，穿过星罗棋布的水塘和沼泽，穿过往南延伸的起伏丘陵，最初只是偶尔流经，随后便频繁深入层峦叠嶂之中，那些圆形山包的组合颇似一个棋局，在更远处越来越小，越来越朦胧，直至陷进弥漫着金色迷雾的地平线下方。而这沉降的辽远边界之外，我们的市镇遥遥在望，并且不断逼近，乍一看好像一堆不辨彼此的混合物，那密密麻麻的街区，道路如沟壑将大片大片的屋宇划割开来，若使用望远镜观察，不难发现这些被分隔成一个个群落的房舍，线条极为清晰。在那些卓越的局部里，雕刻师极力展现错综复杂、形态各异的大街小巷，展现飞檐、柱顶过梁、拱门缘饰以及壁柱的分明轮廓，多云的下午那迟晚、沉暗的金光将其映亮，把所有角落和凹陷投进深棕色阴影之中。方形和菱形的暗影犹如一只只黑蜂巢，切入沟壑似的道路，凭它们温暖、润泽的团块时而遮盖半条大街，时而淹没房屋之间的空隙。这些影子以阴郁的浪漫主义明暗对比法，既夸诞又和谐地演奏着建筑物纷繁的复调音乐。

那张按巴洛克全景画风格绘制的地图里，鳄鱼街地区呈现为一片闪闪发光的空白，两极地区在图表中往往如此标注，表明它们是未经勘探、世人还一无所知的地域。那儿只有少数几条街道用黑线画出，再用简简单单、不加修饰的手写体标上名称，跟其他区域的庄重字体反差很大。似乎绘图者不太想承认该地区是整座小镇的一部分，这一保留态度，从字体的微妙处理中就可见端倪。

为了领会上述保留，我们必须关注这个区域模糊而可疑的特性，它与小镇的总体基调极不吻合。

此地工商业发达，其显著特征是清醒的功利主义。时代精神、经济体制并没有放过我们的市镇，在它周边扎下根来，发展成一个寄生地带。

礼仪庄重的夜间非法贸易仍在老城区泛滥时，冷静的现代商业形态已在新城区飞快流行开来。虚假的美国派头植入镇子的古老地界，迅速生长，好比一株枝叶繁茂却空洞贫乏的植物，既粗劣鄙俗，又狂妄自大。造价低廉而品质极差的房屋随处可见，它们怪诞的外墙布满裂缝，用丑陋的泥灰涂抹修补。郊区的旧房子摇摇欲坠，门廊无不是匆忙拼凑的产物，近看才会发现那不过是对大都市风格的笨拙模仿。又糙又暗的肮脏玻璃窗，把昏黑的街景倒映成波浪状，木质的屋门并未刨平，简陋的内部散发着阴森气息，蜘蛛网和厚厚的灰尘覆盖了高大的货架以及破败不堪的墙壁，所有这一切均给此处的商铺打上克朗代克[①]荒野的印记。没错，那儿的店面一间接一间，裁缝店、成衣店、瓷器店、药店和理发店。它们灰蒙蒙的大橱窗上挂有铭牌，以镀金的艺术字体——要么是流畅的斜体，要么是半圆体——写道：糖果店、美甲店、英格兰王。[②]

土生土长的本镇人对该地区敬而远之，此间的败类、贱民、庸庸碌碌的可怜虫、道德败坏的恶棍，以及这个朝生暮死的街区所孕育的歪瓜裂枣，让他们避而唯恐不及。但在人欲横流、无法无天的年月里，镇上的个别居民偶尔会误入这片可疑区域。他们之中最高尚的家伙也难以彻底拒绝自我放纵的诱惑，想要冲破等级秩序的藩篱，沉溺于肤浅的社交泥淖，尝试轻浮的狎昵和肮脏的鬼混。这个地区不愧为堕落之徒的黄金国，他们全是些流窜犯，早已弃绝礼义廉耻。那儿的一切皆令人生疑且模棱两可，所有事物都在召唤一记隐秘的眨眼、一个玩世不恭的夸张动作、一次热切而富于暗示的挑眉，并指向种种邪念，所有事物都挣脱了束缚，解放自己最卑下的本能。

几乎没人能不含任何偏见地留意那个区域的特质：缺少色彩，

---

① 加拿大西北部育空地区的一座城市，位于克朗代克河畔。

② 三个店名的原文为：CONFISERIE（法文）、MANUCURE（法文）、KING OF ENGLAND（英文）。

似乎对于这座急速发展的鄙陋市镇而言，颜色是难以承受的奢侈品。当地的一切都黯淡如黑白照片，或如附图目录。这种相似性绝非一个普通的隐喻，因为有时候人们去镇子的那一地区晃荡，确实像在浏览说明书上无聊的商业广告，不可信的宣传、精巧的措辞，以及让人怀疑的插画仿佛寄生虫充斥其间；另外，此类闲逛全无意义，没有丝毫收获，如同色情书刊的淫词秽语所引发的幻想式刺激。

你或许会走进某家裁缝铺，以便定做一套礼服，一套价格低廉而雅致的礼服，足以体现本地区风尚。店铺又宽敞又空旷，房间又高又暗。硕大的层层货架相互追赶，攀升至厅堂模糊不清的顶部。一排排空架子将人们的目光引向天花板，它没准儿就是该地区的天空，一块微不足道、晦暗无光、破败不堪的天空。透过一扇敞开的房门，可以看见纸箱和柳条筐把远处的储藏室塞得满满当当，直抵屋顶，组成一只庞大的档案盒，在阁楼的混乱苍穹下，它正崩裂为空幻的立方体和虚无的木料。宽大、灰暗的窗户上覆盖着许多层纵横交错的线条，犹如公文纸的页面，光线透不进来，然而店铺内充满冷漠、微弱的似水幽光，既未投下任何阴影，也未彰显任何物件。很快，一个瘦削的青年出现了，他殷勤得令人兴叹，又乖巧又顺从，无条件满足顾客的愿望，把他们淹没在店伙计那廉价而毫不费力的推销辞令之中。但是，当他哇啦哇啦说个没完，并摊开一捆巨大的布匹，不断丈量、折叠从自己手中无休无止流过的料子，凭想象将其波浪裁剪成一件件外套和一条条长裤，这个时候，整场展示突然间变得似乎可有可无，沦为一出虚情假意的喜剧、一张掩盖事物真相的嘲讽面纱。

身体修长、肤色深黑的女店员，每一个看上去多多少少都有些美中不足（该地区的压仓货也是如此），她们走来走去，站在库房门口，好奇的目光投向某一单生意（它已委托给轻车熟路的店伙计），瞧瞧处理得是否妥当。那个店伙计油嘴滑舌，扭捏作态，似乎是个异装癖。你会忍不住捏一捏他软乎乎的下巴，或者掐一掐他搽粉的苍白脸蛋，此时这家伙世故地抛来一瞥，小心翼翼地请我们注意布料上的商标，那块铭牌的象征意味十分明显。

渐渐地，挑选衣服让位于下一环节。那个淫猥放浪、女声女气的年轻人，对主顾最隐秘的欲望深为同情，此刻将形形色色的奇怪商标，将一座标签图书馆、一间资深鉴赏家的藏品室递到你眼前。很显然，服装店仅仅是个表象，它背后隐藏着一家古籍书店，销售各类饱受质疑的出版物和私人印刷品。那个卑躬屈膝的店伙计打开更多的储藏室，里面的书本、画作和照片一直堆到天花板。那些小插图和绘画远超我们最疯狂的梦想千百倍。我们从未见识过如此极致的声色犬马、如此别出心裁的荒淫放荡。

女店员开始在一排排书籍之间更加迅疾地来回走动，她们脸色灰白似羊皮纸，堕落的面庞上满是暗斑，那是黑发女人的暗斑，闪亮而油腻，她们眼睛里潜藏的阴郁正沿着蟑螂行迹般光滑、蜿蜒的路径迸射而出。但是，她们脸上焦暗的赧晕、她们鲜红刺激的美人痣、她们象征羞怯的深色汗毛，无不显示她们继承的血液又黑又稠。这抹华彩极其浓烈，香醇如摩卡咖啡，似乎会沁入她们橄榄色双手捧执的书本，她们的触摸似乎是在给它们涂抹颜料，是在空气中降下一阵深暗的斑点雨和一缕马勃菌般刺鼻、腥膻的烟草味。此时，淫荡的氛围越来越不受束缚，冲破表象往外扩散。店伙计因为一个劲儿纠缠客人而精疲力竭，渐渐屈从于女性的倦怠。他身穿一件低胸的丝绸睡衣，在众多散落书架之间的沙发中选择一张躺下。有两三个姑娘轮流模仿图书封面人物的姿态，其他雇员则在简易床铺上睡觉。来客大大松了一口气。他总算逃离无比热情的包围圈，恢复自由。女店员忙着闲聊，不再搭理他。她们转过身去，或者把脑袋扭向一边，摆出傲慢的姿势，重心在两脚间来回移换，炫耀妖艳的鞋子，让四肢的蛇形舞动从上到下传遍苗条的身体，她们集中火力捉弄那名兴奋的看客，假装漠不关心，无视他存在。随后，她们故意撤退，隐入深处，丢下她们的客人，任他自行其是。不妨利用这疏忽的瞬间，赶紧结束此次单纯的光顾，逃回街上，以防不测。

没人阻止我们。穿过一条条书籍的走廊，两排长长的书架伴随左右，均摆满杂志和图片，我们步出店铺，来到鳄鱼街，登上制高点，宽阔的大道于是尽收眼底，它直直通往远处尚未完工的火车站大楼。天色阴沉，这在本地司空见惯。有时整个景象好比画报上登载的一张相片，房舍、路人与马车是那么扁平、灰暗。现实单薄如纸，而且每一道裂缝都在暴露其模仿的特性。有时你会产生这样的印象，似乎只有眼前的一小块地方，方能纳入那幅都市大马路的点彩派画作之中，而街道两侧的即兴伪装已瓦解溃散，无力再上演自己的戏码，在我们身后倒塌成泥灰和麻絮，倒塌成一座空寂大剧院的杂物间。其外墙上颤动着紧张兮兮的装腔作势、面具般虚假的庄严，以及令人啼笑皆非的伤感。但是，大伙根本无意去戳穿这一幻象。我们虽明辨是非，却依然陶醉于该地区粗鄙艳俗的魅力。再说小镇的面貌从不缺少自我模仿的诸般特征。郊外一排排低矮的平房与多层住宅楼错落交叠，后者仿佛是纸板做成的，是商店招牌、办公室假窗、灰蒙蒙的玻璃橱窗、广告帖和数字符号的混合体。这些房子之间，行人川流不息。街衢像都市的林荫大道一样宽阔，路面却犹如乡村广场，不过是踩实的泥地，布满坑洞、水洼和杂草。这个区域的交通状况向来是本镇的笑柄，大伙一提到它，总要洋洋得意，眼神默契。毫无个性可言的灰色人群对自己扮演的角色非常热衷，急切想证明本地与大都市极为相似。然而，尽管他们终日奔忙、一心进取，给人的印象却是一堆没精打采的牵线木偶在漫无目标地游荡，既飘忽不定又单调乏味。现场弥漫着一种离奇诡异、无关痛痒的氛围，众人沉闷地向前流动，说来也怪，他们始终面目模糊，阴影幢幢，轮廓总是看不清楚。有时候，在人头攒动的喧嚣中，你会瞥见一个幽暗而生动的表情，会瞥见从脑袋上摘下黑色的圆顶礼帽、一张笑眯眯的侧脸、才发过言的嘴唇，或者刚迈出一步便已永远固定的某条大腿。

无人驾驭的四轮马车是该地区的一道奇特风景，它们在街上自行驱驰。并不是因为此地没有车夫，而是因为他们混迹人丛，忙于各自的成百上千项事务，没工夫驾车。在这片充斥着虚假和空洞姿态的区域，没有谁关心马车将驶向何方，而乘客会把自己托付给那些个线路变来变去的交通工具，这份轻率是本地所有事物的共同特点。你可以不时看见，在危险的弯道处，他们从破旧的车篷内远远探出身体，攥住缰绳，相当费劲地施展灵动的超车技术。

有轨电车也在该地区运营。市议员的雄心借此大获全胜。不过这些车子看上去颇为可怜，是用硬纸板糊成的，使用多年之后它们伤痕累累，遍布裂纹。车厢的前端往往脱落了，行驶时能瞧见里面的乘客，他们直挺挺坐着，神态极其庄重。这些电车需由镇上的杂工推动前行。但是，如果要说什么东西最古怪，非鳄鱼街的铁路系统莫属。

白天，某些并无规律、临近周末的钟点，你有时可以看到一帮人在街角等候火车。说不准它究竟会不会来，停于何处，大伙往往在两个不同的地方分别排队，无法就站点的准确位置达成一致。隐约可见的轨道旁，沉默、黑暗的民众久久等待，他们脸庞的侧影像一列苍白的纸面具，拉伸成一道凝眸注目的怪异线条。终于，火车意外地抵达了，它从大家翘首企盼的小巷里驶出，低伏似蛇，这是一列小型火车，由一个矮墩墩、呼哧呼哧直叫的小车头牵引而来。它开进黑洞洞的巷子，播撒煤尘的车厢使街道更加阴晦。机车深暗的喘息、充溢哀伤而又奇特庄严的微风、遭受抑制的匆忙和焦躁不安，在这个迅速降临的冬暮，眨眼间将马路转化为火车站大厅。

倒卖车票和行贿是本镇的两大祸害。

列车停站的最后时刻，大伙与铁路系统腐败员工的紧张协商仍在继续，但没等谈出个结果，火车便已驶离，失望的人群慢慢跟在它后面，走上很长一段路，才最终散去。

这条大街，因为充当临时车站而拥挤了片刻，弥漫着黄昏和远游的氛围，眼下又一次变得明亮、宽阔，任由无忧无虑、千篇一律的市众沿步行道走过，在商店橱窗前叽叽喳喳晃荡，那些脏污、暗淡的方块里尽是伪劣商品、高大的蜡质模特和理发店的人偶。

身穿蕾丝长裙、衣饰性感的应召女郎款款走来。她们没准儿就是理发师或者餐厅乐队领班的妻子。她们迈着轻快而贪婪的大步，邪恶、放荡的面孔上皆不乏瑕疵，使之大为失色：要么双目歪偏、眼睛斜视，要么天生兔唇，或者缺少鼻尖。

镇上居民对于鳄鱼街散发的腐臭十分自豪。“没必要自惭形秽，”他们傲然说道，“大都市真正纸醉金迷的生活我们也过得起。”他们认为，本地的女人无不卖弄风情。实际上，你一旦向她们中的某一个投去关注，会立刻遭遇一道锲而不舍、死缠烂打的目光，它如此信心满满，足可让你不寒而栗。即便是当地的女学生，头上扎的发结亦颇有特色，她们以别具一格的方式展现自己修长的双腿，眼神中写满不贞，预示着她们将来也难逃堕落。

然而，然而……我是否要泄露此地最终的秘密，那个被精心掩藏的鳄鱼街秘密？

叙述过程中，本人已多次提供警示。我委婉地表达了自己的保留态度。细心的读者不会惊讶于故事的最终反转。我提到该地区仿拟、虚假的实质，但所用词句的意义太过精准清晰，太过明白无误，难以描述它不完整、不确定的真实特质。

可以说，我们的语言并不足以衡量其现实深度，谈论其变化无常。恕我直言：这个区域的悲剧在于，任何事情均半途而废，没有一桩一件能够开花结果，所有动作从一开始就悬停于半空，所有姿势都提前耗光了力气，无法超越僵死的格局。我们已注意到，塑造这一地区的种种意图、规划与预期，无不极尽奢靡华丽。其实那不过是一阵欲望的骚动，勃发得太早，于是委顿和空虚便接踵而至。在此地，在这轻佻浮夸的氛围中，异想天开的小小念头生根发芽，稍纵即逝的兴奋感膨胀、增长，变为一团空洞而臃肿的冗赘物，如同蓬松的浅灰色大麻、毛茸茸的无色罂粟，由一系列轻飘飘的假象和幻觉组成。懒散、放浪的罪恶气息，在整个地区上空流荡，而房子、店铺和人群有时候似乎不过是它滚烫躯体的一阵战栗，是它发烧迷梦的一层鸡皮疙瘩。没有一个地方像此处这样，让我们感受到诸多可能性的威胁，震惊于实现意图的手段，并且被幻想成真所引发的、令人愉悦的恐惧，弄得脸色苍白，昏昏沉沉。但事情也就到此为止。

超过张力的临界点后，潮水开始衰退、回落，上述氛围越来越稀薄，逐渐消失，那些可能性纷纷萎缩，粉碎成虚无，灰暗、疯狂的亢奋罂粟花散为灰烬。

那家名声可疑的裁缝铺，我们离开得太过仓促，留下永久的遗憾。我们再也找不到它了。我们将在一间间店铺的招牌前乱转，犯下成百上千次错误。我们将走进一座座仓库，其中一些与之颇为相似。我们将在成排成排的书架间漫游，浏览杂志和图册，同浓妆艳抹、并不完美的漂亮姑娘既亲密又尽兴地交谈，而她们根本不可能理解我们的愿望。

我们将深陷误解的泥沼，直到我们的狂热、兴奋统统消散于徒劳的追求与毫无必要的努力之中。

我们的憧憬不过是一个错误，那些房屋和雇员的模糊外表全是假象，裁缝铺只出售现成的套装，店伙计也并无不可告人的企图。鳄鱼街女性的堕落还算适度，受到道德偏见和平庸粗俗的层层围困。在这座充满蠢材的市镇里，缺乏本能的繁盛勃发，从无非同寻常的隐秘激情。

鳄鱼街是本镇向现代化和大都市腐败所做的妥协。显然，我们能够提供的东西，不会好于一个纸质的复制品，不会好于一幅由去年旧报纸的图片剪接而成的拼贴画。

蟑螂

事情发生在我父亲辉煌灿烂、多姿多彩的天才时代终结后随之而来的灰色日子里。那是抑郁且漫长的数周，是没有星期天和节假日的沉重数周，天空阴云密布，景色一派凋敝。父亲当时已经离开。楼上的房间收拾利索后租给了一位女话务员。整个鸟类养殖园仅剩下一副标本，这只用物料填充躯体的秃鹫站在客厅的架子上。它置身于窗帘低垂的凉爽幽暗之中，栩栩如生，单腿兀立，姿势好像一位佛门圣僧，它悲惨、枯涩的苦修者脸庞近乎石化，呈现极度冷漠和克制的神情。它眼珠松脱，锯末从泪迹斑驳的眼窝中簌簌往下落。唯独在它那光滑巨喙和赤裸颈脖上生长的、坚硬的埃及角质赘物——泛着黯淡的蓝光——使这颗古老的头颅增添了些许僧侣的庄严神圣。

它身上那件绒羽道袍的很多地方已遭到蛀虫啃噬，柔软、灰色的翎毛纷纷掉落，阿德拉每星期来做一次大扫除，把它们连同房间里来源不明的灰尘统统清理干净。从秃鹫的裸露部位，你可以看到一簇簇大麻从厚实的帆布上往外戳出。我暗暗怨恨母亲，因为失去父亲后，她是如此轻松地重返自己的日常生活之中。我想，她从未爱过他，而鉴于父亲并没有在任何女人心里扎过根，他便无法与任何真实融为一体，故此他只能永远徘徊在生活的外围，徘徊在现实边缘那片似真似幻的领地上。我认为，他甚至没能像一位诚实公民那样，堂堂正正死去，他涉及的一切无不诡诞而可疑。我决定在适当的时候，逼迫母亲坦率地谈一次。那天（这是一个沉闷的冬日，从清晨起，光线就十分柔和、昏暗），母亲犯头疼，独自躺在客厅的沙发上。

自从父亲消失后，阿德拉便用石蜡和刷子料理这个访客稀少、富丽堂皇的房间，使之井然有序。家具覆以防尘罩；各种物件无不服从阿德拉强加给它们的铁律。唯有一束孔雀羽毛，插在五斗柜上方的一只花瓶里，拒不接受管辖。它们是一伙顽皮活泼、难以捉摸的危险分子，喜欢鼓吹革命，犹如一群好动欢闹的女学生，目光充满奉献的热忱，脑袋里尽是放荡荒奇的念头。这些眼睛将白昼洞穿，它们在墙壁上钻孔；它们顽童般咯咯直笑，闪闪烁烁，挨挨挤挤，睫毛轮番眨动并且鬼鬼祟祟；它们用叽叽喳喳和低声耳语填满房间，好似蝴蝶散落于枝形吊灯之上；它们五颜六色，在没有光泽、年代久远的镜子上彼此推撞，后者却不习惯这等喧闹和欢愉；它们通过钥匙孔向外窥视。即使我母亲在场，脑袋缠着布条躺在沙发上，它们也无法约束自己，目光极为热切，彼此默默传递暗号，以丰富多彩的哑语表达隐秘的含义。戏弄人的阴谋诡计让我恼火，挤眼挑眉的交谈在我背后展开。我膝盖抵住母亲的沙发，用两根手指漫不经心地揉搓她晨衣的精致面料，假装非常随意地提道：“我早就想问你，那真是他吗？”虽然我几乎没瞧那只秃鹫，母亲仍立即猜到了，并且尴尬地垂下眼睛。我故意使沉默延长，以便欣赏她的窘迫焦虑，然后，我抑制住升腾的怒火，冷静问道：“你为什么要散布那些关于父亲的谣言和谎话？”

她起初十分惊慌，但很快又镇定下来。“什么谎言？”她眨巴着眼睛反问，闪烁的目光空洞无神，沉浸于深蓝之中，看不见眼白。“我从阿德拉那儿听到的，”我说，“但是，我很清楚，它们全部来源于你。我想知道真相。”

她的嘴唇微微颤抖，两颗眸子避开我的视线，在眼角游移。“我没撒谎。”她说，嘴唇外鼓，同时又在变小。我觉得她在冲我卖弄风情，就像一个女人对待一个男人那样。“关于那些蟑螂的事情是真的。你自己肯定还记得……”我相当困惑。没错，我确实还记得那次蟑螂的入侵，它们黑压压一大群，以蜘蛛的奔跑方式，洪水般淹过夜晚的浓暗。所有的裂缝都充斥着颤动的触须，所有罅隙都可能突然钻出蟑螂，每一道口子里均会射出黑色闪电，沿着之字形路线发疯飞行，穿过地面。哦，狂野错乱的恐慌，涂写在地板上灼灼闪光的黑线！哦，父亲的恐怖尖叫，他手握一支标枪，从一张椅子跳到另一张椅子上！他不吃不喝，脸红发烫，嘴边始终挂着厌恶的痉挛，我父亲已经彻底癫狂。很显然，没有任何躯体能够长时间承受这份憎恶的巨大压力。强烈的厌恨把他脸庞拧成一副僵硬、悲惨的面具，只有眼珠子隐藏在下眼睑后方，带着永恒的疑虑静静等候，紧绷如弓弦。伴随一声发狂的厉啸，他从自己的座椅上突然跃起，睁眼瞎似的冲向房间的一个角落，扎下标枪，又高高举起，矛尖上钉了一只硕大的蟑螂，正拼命扭动它互相缠绕的腿足。阿德拉赶来协助浑身发抖的父亲，接过那支挂有战利品的标枪，把蟑螂丢进水桶里淹死。但是，即便如此，我已经说不清这些深深植入我内心的场景是来源阿德拉的故事，还是我亲眼所见。他再也没有健康者用以抵御憎恶侵袭的力量。相反，受疯狂所困，父亲并不排斥这股可怕、诱人的吸引力，而是更深地卷入其中。凄惨的后果转眼即至。很快，最初的可疑征兆显现，令我们充满哀痛和恐惧。父亲的举止大变。他的狂躁、他兴奋快感的热潮逐渐消退。他的动作和表情泄露了他心中的愧疚。他想方设法躲避我们，整天藏身于角落里、衣橱中，或者羽绒被下面。好几次，我看到他若有所思地凝视自己的双手，检查皮肤、指甲的硬度，黑色的斑点纷纷开始出现，状如蟑螂的身体。

白天，他以自己的最后一丝力量来继续抵抗，坚持战斗，但是一到晚间，便要承受那股迷狂的猛烈折磨。某天深夜，在一根蜡烛照亮的地板上，我看见了他。父亲一丝不挂地趴着，浑身是脏兮兮的图腾式黑斑，肋骨的线条非常清晰，身体构造的奇异轮廓在皮肤下面若隐若现，他四肢着地，完全沉浸于憎厌的情绪之中，被它拖入错综复杂的路径深处。父亲以多足生物的姿势、怪诞复杂的动作爬行，我惊恐地意识到，这是一套模仿蟑螂的仪式。

从那时起，我们就放弃了父亲。他一天比一天更像蟑螂——父亲正在变成一只蟑螂。

我们已司空见惯。他露面的次数越来越少，接连消失了几个星期，以便投身于蟑螂生涯。我们再也无法认出他来。他已经完全融入那个骇人的黑色部族。谁也说不准，他是生活在地板的缝隙之间，还是夜深人静时穿过屋子，忙于他蟑螂的种种事务，又或者他已沦为那些死虫子中的一员，肚皮朝天，腿脚竖直，阿德拉每天早上总会嫌恶地把它们装进畚箕，然后处理掉。

“不过，”我说道，颇为难堪，“我很肯定那只秃鹫是他。”母亲的目光穿过睫毛向我射来。“亲爱的，别折磨我了。我已经讲过，你父亲在周游全国，他是一名旅行推销员。你知道，有时候他晚上回家，天不亮就再次启程，动身去更远的地方。”

狂风

冬季漫长而空虚，在我们的市镇，黑暗取得成百上千倍的巨大收获。长久以来，阁楼和杂物间似乎一直无人清理，坛坛罐罐互相堆叠，空电池瓶毫无限制地越积越多。

在那些烟熏火燎、梁柱横斜的阁楼与屋顶组成的森林里，黑暗开始退化，并且剧烈骚动。而锅碗瓢盆正召开阴沉的大会，议程冗长、空洞，坛子们喋喋不休，罐子盘子们吵吵嚷嚷，直到一天晚上，瓶瓶罐罐的军团从密布屋檐的广阔区域中崛起，声势浩大地涌入市镇。

众多阁楼摆脱了自身的凌乱庞杂，交替扩张其空间，深入幽暗巷陌，而横梁的骑兵队，以及用松木膝盖长跪不起的立柱大军，它们的阵阵回声在街头奔荡，此刻终获自由，椽子的狂震、檩条和托梁的喧嚣充斥了整个辽阔夜晚。

接下来，那些水桶和水罐组成蜿蜒的黑色河流，冲破堤岸，在夜空下泛滥横行。它们黑漆漆、亮闪闪、闹哄哄的大部队将市镇重重围困。晚间，容器们汇成昏暗的集群，动荡不休，犹如喧腾的鱼类军团向前推进，大喊大叫的提桶和叽叽喳喳的木盆势不可挡地侵袭而至。

水桶、水瓮、水罐层层堆积，底部咣咣直响，陶瓶东摇西晃，老式的圆顶礼帽和新潮时髦的男礼帽竞相攀叠，柱子般指向天宇，随即又轰然倒塌。

它们的木舌始终笨拙地嘎哒嘎哒作响，从木质深处不雅地艰难吐出叽里咕噜的诅咒和辱骂，用粗鄙的言语污染整个广大夜色，直到它们亵渎神明的愿望达成，咒骂声才平息下去。

最终，在容器们无所不及、到处弥漫的咔嗒声的召唤下，狂风的车队抵达本地，彻夜停留。这座恢宏的营垒，旋转个不停的幽暗圆形剧场，开始沿庞大的螺旋降至城镇上空。而雄浑、暴烈的狂风，伴随肆虐的昏黑，持续了整整三天三夜……

★ ★ ★

“今天你不用去学校了，”母亲早上对我说，“外头在刮大风。”房间里，烟雾飘浮似薄纱，散发着树脂的芳香。火炉在嘶吼、呜咽，好像有一大群狗或者恶魔囚禁其中。炉子的硕大腹部上描画的拙劣肖像，已扭曲成一张五彩斑斓的鬼脸，肿胀的面颊使它看上去很是怪异。

我赤脚跑到窗前。狂风在苍穹下纵横扫荡。广袤的银白色天空被几近绷断的力线所切开，可怕的裂纹如同锡矿或铅矿的脉络。

它分割成一个个电场，释放电荷时颤抖不已，蕴藏着丰沛的电量。狂风的示意图在天幕上绘制，而后者本身无影无形、捉摸不定，正以自己的电力给这片景致充能。

你看不到那股强风。当它狂怒地穿透屋顶，你可以感受到它往房子上倾泻的威力。这些阁楼似乎一个接一个灌满气体，受到风暴的猛烈吹袭之后，即将在疯狂中爆炸。

大风将广场剥个精光，所到之处，街道一片空白，整座市集刮得干干净净。时不时能瞥见一道孤零零的身影，在狂风之下弯腰佝偻，被吹得左摇右摆，紧紧扒住房屋的墙角。整个市集广场似在膨胀、闪烁，强劲的疾风使它变成一块光秃秃的不毛之地。

劲风吹走了大气中冰冷死寂的诸多颜色，吹走了铜绿色、明黄色和淡紫色的条纹，吹走了它遥远迷宫的穹顶和拱廊。这样的天空下，黑沉沉的屋顶东歪西斜，满含急躁和期待。其中已遭狂风侵占的，无不意气勃发，傲然挺立，比它们的邻居更为高大，并预言紊乱的穹冥之下即将发生奇祸巨灾。随后，这些屋顶又一次收敛平复，无法再承受风暴的强劲呼吸，而它正流向天际，使动荡和恐惧遍布乾坤。其余房舍纷纷挺身站起，在一股激烈的预感之中，它们以尖叫昭示灾难的降临。

教堂附近，高大的山毛榉将手伸向天空，如同令人震惊的神启之见证者，不停嘶吼，嘶吼……

更远处，越过市集的房子，我可以看见山形墙的顶端，看见郊外屋舍的秃壁。它们鳞次栉比，越来越高，因惶恐而震惊、僵硬。遥远的冰冷红光以自己迟晚的颜彩为它们涂色。

那天我们没吃中午饭，原因是炉灶产生的浓烟倒灌回厨房。室内冷飕飕的，处处能感觉到寒风的气息。下午两点钟左右，郊区突然发生大火，随即迅速蔓延。母亲和阿德拉开始打包被子褥子、毛皮大衣和金银珠宝。

夜幕降临。狂风愈发强劲、凶猛，并且极度扩展，包围整片地区。它不再折磨屋宇及房顶，而是在城镇上空营建一座重重叠叠、盘绕回旋的黑色迷宫，层级无限递增。大风从这座迷宫的所有房间里涌出，鼓起翅膀，闯过一道霹雳之中的廊道，以一声咆哮构造长长的阵列，于是那些想象的楼层轰然倒塌，包括许多拱顶和地下室，它甚至飞得更高，独力将自己不可思议的灵感付诸形象。

房间微微颤抖，墙上的画框嘎嘎直响。窗玻璃在灯盏的油腻光芒下闪耀。悬垂的窗帘鼓胀不已，注满风暴之夜的喘息。我们这才想起，从上午就一直没见过父亲。他肯定是早早去了店铺，在那儿，狂风很可能使他大为惊恐，并且将他牢牢困住。

“他一整天没吃东西。”母亲哀叹道。高级店员西奥多要冒险闯入风暴和夜色，给父亲送些吃的。我哥哥也准备参加远征。

他们裹上熊皮大衣，将熨斗、石杵装进口袋当压舱物，以防狂风把自己吹走。

通往夜晚的大门被小心翼翼推开。西奥多和我哥哥刚抬腿跨进黑暗，外套便灌满冷风，门外的夜色将他们完全淹没。转瞬间，狂风抹去了他们离开的所有印迹。透过厨房的窗户，根本看不到两人携带的那盏汽灯的亮光。

把他们吞噬之后，强风减弱了片刻。阿德拉和母亲又一次企图在厨房里生炉子。她们的火柴悉数被吹灭，炉灰和烟炱涌过一扇灶膛的小门，在屋内到处飞扬。我们站在大门后面，倾听外边的动静，除了长风的哭号，似乎还夹杂着其他声音：劝说、告诫和闲言碎语。我们好像听到迷失于狂风之中的父亲呼喊求助，或者听到西奥多和我哥哥在屋外轻松闲聊。这暴风极具欺骗性，以致阿德拉猛然打开房门，结果真的看到西奥多和我哥哥，他俩肩膀以下仍沉浸在疾风里，正奋力脱困，步入我们的视野。

他俩气喘吁吁走进廊室，好不容易才关紧身后的大门。有那么一阵子，两人不得不抵住门板，因为横风向房屋入口发起的进攻十分猛烈。最终，他们总算拉好门锁，大风于是扬长而去。

两人语无伦次地谈论这个风暴之夜。他们的熊皮大衣已被狂风所浸透，散发着空旷的气息。灯光下，他们的睫毛频频闪动，眼睛仍饱含夜色，每眨一下都会淌出一股黑暗。这两人没能够抵达店铺，几乎迷路，煞费周折才回到家里。镇子已经面目全非，街道统统乱了套。

母亲怀疑他俩在撒谎。事实上，整个场面给人造成一种印象，即刚才那一刻钟里，他们始终站在窗外，站在黑暗之中，没去任何地方。或许镇子和集市广场已不复存在，夜晚和大风只不过是以昏黑的布景把我们家围住，充斥着吼叫、呼哨和呻吟。或许也不存在风暴向我们暗示的巨大而阴郁的空间。或许根本不存在那座可悲的迷宫，以及那些被狂风当作黑色长笛吹奏的、窗户众多的通道和走廊。我们越来越确信，这场风暴仅仅是夜晚的胡编乱造，是在狭窄的剧场后台上演悲剧式的浩瀚无垠，以表现宇宙的无家可归和狂风的孤苦伶仃。

现在，我们的大门越来越频繁地开启，接纳被斗篷和围巾裹得严严实实的客人。某位气喘连连的邻居或朋友会艰难地脱下披巾和外套，前言不搭后语，用断断续续、夹七夹八的废话极力放大、刻意夸大屋外夜色的广袤无边。我们全坐在灯明火亮的厨房里。灶台和宽大的黑色烟囱罩后面，有几级台阶，通往阁楼的入口。

高级店员西奥多坐在那些台阶上，凝神谛听阁楼在风暴中摇晃。在阵阵狂风的间歇，他能听到阁楼的椽梁自我折叠所迸发的咆哮，听到屋顶软塌塌地垂下来，犹如一副空气已经跑光的巨肺，听到它再次呼吸，将椽子撑开，变为一个哥特式拱顶，又铺展成一片梁柱的森林，他还能听到它充满回声，像一把硕大的低音提琴连连鸣响。然而，此后我们忘记了这场狂风。阿德拉在研钵内捣烂肉桂。佩拉齐娅姨妈来看望我们。她身材瘦小，动作敏捷，天性俭朴，把黑色的蕾丝纱巾缠在脑袋上，在厨房里忙这忙那，帮阿德拉干活。后者正给小公鸡拔毛。佩拉齐娅姨妈在烟囱罩底下用一卷纸引火，焰苗往上蹿腾，升向黑色的深渊。阿德拉攥住小公鸡的脖子，把它提到火焰上方，以便烧掉剩余的鸡毛。突然，这只小公鸡扑动它着火的翅膀，啼了一声，随即被烤焦。佩拉齐娅姨妈开始大叫大嚷，又是诅咒又是骂娘。她气得发抖，朝阿德拉和母亲挥舞拳头。我闹不明白她为何如此恼火，可是她暴怒不已，化作一大堆手势和谩骂。骤然喷涌的恼怒之下，她似乎会把自己撕成碎片，四分五裂，似乎会变成一百只蜘蛛，这股漆黑、闪烁的湍流将纵横冲荡，犹如疯狂的蟑螂爬过地板。然而，恰恰相反，她开始迅速萎缩，抖动越发剧烈，更不断破口大骂。忽然间，她背部隆起，身体变小，踉踉跄跄奔往厨房堆满柴火的角落，一边诅咒一边咳嗽，在噼啪作响的柴堆里狂乱地翻找什么东西，直到她发现两根黄色的细棍子。她握住它们，激动得手抖不止，又用自己的双腿比量了一番，随后她像踩高跷一样把它们踩在脚下，到处走动，把地板敲得咚咚直响，并越跑越快，沿着一条歪歪斜斜的路线来回穿行。她跳上一张杉木长凳，一瘸一拐地弄出嘎哒嘎哒的噪声，又从那里跳上碗碟架子，这个木音清脆的架子占据了厨房整整一面墙。她跑个不停，用膝盖驱动高跷似的细棍子，最后，在某个角落里，她越变越小，如同一片枯萎、烤焦的叶子，卷曲发黑，熏烧成一撮灰烬，粉碎为尘埃和虚无。

面对这股毁灭、吞噬自己的狂怒烈火，我们一个个呆若木鸡。我们满怀悲悯地目睹了这令人忧伤的过程，直到它彻底终结，我们才多多少少如释重负，分头处理各自的日常事务。

阿德拉又一次捣起研钵里的肉桂。母亲继续她中断的谈话。高级店员西奥多则在倾听阁楼上传来的种种预兆，扮了个滑稽的鬼脸，扬起眉毛，暗自发笑。

盛季之夜

众所周知，在普普通通、平平凡凡的岁月轨道里，稀奇古怪的时间偶尔也孕育出另类的年份，这些不正常的、变质的年份，会从什么地方生成虚假的第十三个月，好比一只手长出第六根指头。

我们使用虚假一词，是因为这第十三个月极少臻于完满。如同一名分娩太晚的婴孩，它发育迟缓，是一个弯腰驼背的月份，是一个智残的旁系子嗣，更难以捉摸，而非更真实可信。

夏天老迈的放纵，它情欲勃发、姗姗来迟的活力，是何等可厌可鄙啊。有时候，虽然八月已经过去，夏天又老又粗的枝干仍在惯性的催动下变本加厉地生长，狂野的日子，贫瘠、蠢笨的荒芜日子，从它朽烂的木质中萌发形成，并额外增加了一堆白给的、老菜梗似的日子，它们空洞、无用、苍白、多余且令人困惑。

这类日子持续滋生，既不规则也不匀整，没有固定形状而又彼此融合，就像某只丑陋巨手的五指，发芽抽枝并蜷缩成一个拳头。

有人把这些日子比作伪经，偷偷挤入岁月这本巨著的章节内，比作重写本，秘密插进书页中间，或比作还没印上文字的白纸，学识宏富、饱览画卷之人的双目可以向它们倾注种种图景，为它们填充种种色彩，而这些想象物将在页面的空白处越来越黯淡，并让眼睛卷入新历险和新章节的迷宫之前，在其虚无上休息片刻。

哦，那本古老、泛黄的岁月罗曼史！那部伟大、易碎的历书！它遭人遗忘，躺在时光档案室的某个角落里，内容在封皮之间不断增长，因年月的絮絮叨叨而日益膨胀，这是假话空话迅猛的自我繁殖，是故事和幻想在其中的成倍扩张。哦，当我写下那些自己的故事，在已经用过的页边改编关于父亲的逸闻时，难道我并未屈从于隐秘的希望，企盼它们有朝一日能在那本最卓越、散乱的著作泛黄发脆的纸张之中不知不觉扎下根来，企盼它们会落入沙沙声大起的书页间，与之融为一体？

我们将在此讲述的事件，发生于那年的第十三个月份，亦即编外的、多多少少有点儿虚假的月份，它书写在这本宏伟年历的白页上。

那会儿的早晨清爽得出奇，令人精神振奋。从宁静、冰凉的时间脚步里，从空气的崭新气息中，从阳光密度的变化上，我们感觉已进入一个不同的时代，一个全新的神圣之年。

有一道声音，在澄澈的天穹下震颤，好像一座无人居住的新公寓传出的清畅与空响，它充满油漆和涂料的气味，充满了未经磨洗的初始事物的气味。怀着一份异样的激情，人们对新回音展开一番试探，好奇地将其切开，犹如在某个凉爽、清冽的早晨，在一趟旅程的前夕切开一个咖啡蛋糕。

我父亲又一次坐在商店后面的办公室里，那是一间拱顶小屋，被分隔成许多个蜂巢状的档案格，层层叠叠的文件、信函和发票泛滥成灾。从纸张窸窸窣窣的响声中，从书页永不停息的翻动中，这个房间方格子的空虚本质暴露无遗，而不断筛分的信函拥有难以计数的公司名头，创造了一种神圣氛围，宛若一座工业市镇的鸟瞰式幻景，林立的烟囱滚滚冒烟，周围是一排排徽章，环扣上以弯弯曲曲的线条和花体字印着无比自豪的公司名称。

父亲坐在一只高凳上，仿佛身处禽舍，而鸽房似的文件格里一沓一沓的纸张沙沙直响，所有鸟巢和树洞交相鸣奏，数字的叽喳声此起彼伏。

这间大店铺的深处一天比一天更幽暗，更充足，棉布、哔叽呢、天鹅绒、灯芯绒持续涌入。在黑乎乎的货架上，这些仓房和储藏库里冰凉、致密的彩色织物，阴沉而成熟的辉煌料子，已获取千百倍的收益，而秋天的丰厚资本将越来越强盛稳固，它日趋庞大而深黯，更广阔地扩展到货架上，宛如在某座雄伟剧院的座位上扩散，每个清晨均接收一批新货物，包装盒包装箱携带着黎明的凉意，由满脸络腮胡的搬运工扛在肩头，他们像熊一般壮实，嘴里嘟嘟囔囔，浑身散发秋天的清新和伏特加的气味。店伙计拆开这些丰盛、华美的新面料，用它们塞满高大货柜的缝隙角落。这是在可能范围内所有秋季色彩的一次规模宏大的造册登记，它们按深浅程度分层排列，忽上忽下，如同在全体颜色的音阶上响亮飞翔。从底部开始，首先尝试哀怨、羞怯的女低音和诸多半音，继而往上抵达遥远的灰白色区域，再迈向暗蓝色，然后再升入更宽广的和声，来到深沉绚烂的蔚蓝地带，这里有远方森林的蓝靛与公园沙沙作响的绒毛，接下去途经赭石色、绛红色、黄褐色和深棕色，以便走进枯萎花园那喃喃低语的阴影，走进蘑菇的晦暗气息，走进一个秋夜深处腐木的霉味，聆听最沉郁的低音乐器的温柔伴奏。

父亲在秋天布料的宝库间踱来踱去，安抚那堆庞然大物，抑制它们不停上涨的力量，盛季的平静力量。他想让这些封装的色彩尽可能长久保持。他不愿搅乱它们，将秋季的基金兑换成现钞。但他知道，并已感觉到，秋风的降临迫在眉睫，它又燠暖又猛烈，会把那些货柜扫荡一空。这股洪潮势必不可阻挡，七彩缤纷的激流即将爆发，遍布整座市镇。

伟大的季节已近在眼前。街市越来越繁忙。傍晚六点钟，镇子喧闹无比。房屋发红泛赤，人们到处游荡，内心的兴奋之火熊熊燃烧，打扮得光彩夺目，眼睛闪烁着节庆的迷狂，美丽而又邪恶。

在偏街小路上，在通往夜色的阒寂死胡同里，镇子空空荡荡。阳台下的小广场上只有孩童在玩耍。他们气喘吁吁，大呼大喊，沉浸于傻不拉几的游戏。他们用嘴巴给小气球吹气，使它们突然膨胀成一堆噗噗直响、晃晃荡荡的巨大肿瘤。或者，他们戴上可笑的小公鸡面具，扮作秋天的红色鬼怪，喔喔乱叫，鲜艳斑斓而又荒诞无稽。经过这一番吹气和啼鸣，他们似乎就能够升入天穹，好比长长的彩练，以候鸟的“人”字形阵列飞过镇子上空，化为薄纸片与秋日季候组成的奇幻舰队。另一些时候，他们乘坐吵吵闹闹的小马车，轮子、辐条和车轴回荡着异彩纷呈的嘎嘎声。那些马车满载孩童的尖叫驶向街道尽头，直奔夜间的昏黄小河而去，并在此倾覆散架，摔成许多车轮、铁钉和棍子。

孩子们游戏越来越喧嚣、复杂，市镇的红晕转暗，变换为一抹深紫色。忽然间，整个世界开始枯萎，落入昏黑，诱发幻觉的暮光迅速扩散，将万物感染。这傍晚的瘟疫到处蔓延，阴险恶毒地从一处传播到另一处，无论什么被它触碰过，无不飞快朽烂，变黑，并且溃散为尘埃。人群在沉寂无言的惊惶下奔逃，可这股麻风病立即赶到，让黑色的皮疹在他们前额爆发，众人的面孔逐渐消隐于广大无形的污迹之中，他们奔跑如故，却已失去轮廓，失去双眼，丢掉一副又一副面具，于是乎，暮色里充斥着人们落荒而逃时抛弃的遗蜕。随后，所有事物的表面开始覆盖一层腐烂的黑树皮，遭致污染的昏暗之疤大片大片剥落。而当地面上的一切在急速分崩离析所引起的沉默惊惧里，陷于混乱和毁灭，天空中，落日宁谧的恐慌也仍在持续，有增无减，与上百万个无声小铃铛的丁零当啷一起颤动，与上百万只无声云雀一起急剧升腾，共同飞向宏伟、银白的无限。夜幕骤然降临，这个广大的夜晚受到狂风的阵阵吹拂，拓展得愈发广大。在它花样百出的迷宫里，灼亮的巢穴已雕刻成形：商店挂满硕大的彩灯，货物堆积如山，顾客熙来攘往。透过那些灯笼明灿灿的玻璃，喧闹而奇特的秋季购物仪式清晰可见。

这个雄浑、动荡的秋季夜晚，阴影越来越多，风使之不断扩张，它在自己黑暗的褶皱内隐藏了明亮的兜袋，里面全是五颜六色的小饰物和花哨的各类商品，俨如一个个售卖巧克力和水果蛋糕的杂货铺。它们用空箱子搭建而成，糊上亮闪闪的巧克力广告，堆满肥皂、令人愉快的便宜货、镀金的小破烂、锡箔、小喇叭、格子饼和彩色薄荷糖，这些货亭货摊是欢乐的哨站，是无忧无虑的摇铃架，散落在这个无比恢宏、恍似迷宫的狂风大作之夜的一根悬索上。

庞然幽暗的人群，在纷乱嘈杂中，在昏黑中泛涌流溢，数千双脚徐徐迈进，数千张嘴说个没完，拥挤、无序的队伍沿秋天市镇的动脉缓慢前行。这条河奔腾不息，充满烦嚣，充满阴晦的脸庞，充满狡狯的眨眼，被谈话与闲言碎语所分割，构成一团谣传、笑声，以及喧嚷相混杂的巨大浓浆。

他们就如同一群秋天晒干的罂粟头在移动，而且一路播撒种子，他们的脑袋咣噹咣噹直响，他们的身体咚咚咚敲个不停。

父亲躁动难安，面颊通红，他目光灼灼，在灯明火亮的店铺里跑来跑去，又屏息谛听。

透过橱窗和正门，镇子的喧哗和流动人群的含混声响从远处传进来。店铺的沉寂之上，悬挂于高大拱顶下方的煤油灯极为耀眼，将角角落落的阴影全部驱散。空荡荡的宽阔地板悄然裂开，在诡计多端、来回摇曳的灯光下，它所有闪亮的方格拼成一张巨大棋盘，这些砖块以轻微的破碎声彼此交谈，并在这里或那里，凭一道响亮的断裂相互回应。但沉静的布料层层堆叠，一声不吭，致密而又软熟，它们沿墙壁排开，在父亲背后交换眼色，在橱柜之间传递心照不宣的无声信号。

父亲凝神倾听。晚间的寂谧中，他耳朵似乎在不断变长，以致伸到窗外，好像诡异的珊瑚虫，这只红通通的腔肠动物反复摆荡，搅起夜色的沉渣。

他一直在听，随之听到些动静。他听见远处的人潮渐渐逼近，于是越来越焦虑。他惊骇地环顾空空如也的铺子，寻找店伙计，然而那些皮肤黝黑的红发天使早已飞去别处。他形单影只，深恐洪水猛兽似的乌合之众会很快淹没宁寂的店铺，闹哄哄地大行劫掠，大肆瓜分，把它与世隔绝的宽阔仓房中累积多年的丰裕秋天统统拿去拍卖。

店伙计们在哪儿？那些本该拱卫这座幽暗的布匹堡垒的英俊小天使在哪儿？父亲痛苦地怀疑，在这栋屋宇深处的某个地方，他们正与别人家的女儿私通犯淫。他呆立不动，满心焦急，双眼在店铺明亮的寂静里闪闪发光，他身体内部的听觉器官很清楚，那间悬挂五彩大灯笼的后屋里究竟发生了什么事情。房舍在他面前打开，犹如一副厅室的纸牌，大大小小的房间一个连着一个，他看见店伙计们穿过所有这些灯火通明的空屋子，不停追逐阿德拉，楼上楼下地跑来跑去，直至她终于摆脱他们，奔入亮堂堂的厨间，用碗柜顶住房门。

她气喘吁吁，容光焕发，非常愉快，边笑边眨动她长长的睫毛。店伙计们蹲在门口一个劲儿傻乐。厨房的窗户朝宏大、黑暗、充满梦幻与混乱的夜晚敞开。半开半闭的漆黑玻璃窗反射着远处的光芒。烁亮的大瓶小罐摆放于四周，腻滑的釉彩静静闪耀。阿德拉小心翼翼地把她抹过胭脂的脸蛋探向窗外，不住眨眼。姑娘在昏暗的院子里寻找店伙计的身影，断定他们仍埋伏于此。然后，她看到了他们，这帮家伙排成一列，鬼鬼祟祟地沿着低矮狭窄的壁架，沿着远光所映红的一堵墙往前走，蹑手蹑脚接近窗户。父亲恼怒而绝望地厉声尖叫，可恰恰在此时，喧嚣声逐渐迫近，明晃晃的橱窗前突然全是人脸：扭曲的笑容、叽里呱啦的大嘴、闪亮玻璃窗挤扁的鼻子。父亲面庞发紫，狂怒地跳上柜台。当吵闹的人群围攻这座堡垒，涌入店铺时，父亲一跃而起，飞到堆满布匹的货架顶端，高悬于众人之上，倾尽全力吹响硕大的号角，发下警告。但屋梁间并未荡起天使们匆匆赶来救助父亲的回音。号角一声声哀哭所收获的应答，唯有人群的嘲讽大合唱。

“雅各布，做生意！雅各布，卖货！”他们大喊。这叫嚷声一遍又一遍不断重复，融入合唱的节奏，逐渐变为所有人低吟的副歌。父亲放弃了努力，从高处跳下来，尖叫一声冲向布垒。他怒火中烧，脑袋肿成一个紫色的拳头，如同一位战场中的先知在布匹的城垛上奔跑，开始朝人们咆哮。他使出全身力气，将一大包一大包羊毛移走。他扛起这些笨重的货物，搬到柜台上，沉闷的碰撞声随即响起。布匹脱散开来，好像巨大的旗帜在空中舒展飘荡。货架因面料的大爆发及其飞瀑似的倾泻而四分五裂，仿佛受到了摩西拐杖的猛击。

壁柜的存货奔涌而出，滚滚而下，漂游在宽阔的河面上。货架间绚丽多彩的布料流淌不已，到处泛滥，源源不绝，将所有柜台和桌子淹没。

在布匹宇宙的猛烈形成之际，在它们抬升为危耸壮丽的山脉之时，店铺的围墙消失了。宽阔的峡谷从山腰展开，大陆的轮廓在一片广袤而苍凉的高地间轰鸣。铺子扩张成一幅秋天物象的全景图，满是湖泊和远色，此情此景之中，父亲在梦幻迦南[①]的沟壑与谷地间游荡，迈开大步，双手如先知般探入云端，以富于灵感的笔触描绘这片土地。

而在底部，在父亲的盛怒所催生的西奈山[②]脚下，那群人大吵大闹，连发诅咒，顶礼膜拜巴力神[③]，并且互相交易。他们满手是起褶的柔软面料，他们披上五光十色的织物，用简易的狂欢节服装和斗篷裹住自己，语无伦次、滔滔不绝地胡侃个没完。

突然间，父亲凌驾于那群顾客之上，身形因怒焰而愈发伟岸，他居高临下，以激烈的言辞痛斥这伙偶像崇拜者。受到绝望的驱使，他爬上柜顶连成的廊道，又在货架的横木上、在吱吱嘎嘎作响的脚手架光秃秃的板条上狂奔，感觉自己背后、屋子深处有一幕淫荡无耻的景象在穷追不舍。眼下，店伙计们已经走到与厨房窗户等高的铁制阳台上，正抵住栏杆，搂紧阿德拉的腰肢，把她往窗外拽。姑娘的眼睫连连扑闪，穿丝袜的修长双腿在身后乱踢。

这番丑恶的罪行使父亲大为惊骇，他暴怒的身姿融入可怕的场景，而下方那帮无所顾忌的巴力神崇拜者们开始沉醉于放纵

---

① 迦南（Canaan），巴勒斯坦及其周边地区的古称，是《圣经》中上帝赐予亚伯拉罕的“应许之地”。

② 西奈山（Sinai），位于埃及西奈半岛，是《圣经》所载上帝授予摩西“十诫”处。

③ 巴力神（Baal），犹太教占主导地位以前的迦南宗教的主神，在《圣经》中被视为邪神。

的欢乐。滑稽的学步激情、笑声的瘟魔疫鬼已将人群彻底掌控。你怎能指望这些吵吵嚷嚷、乱冲乱撞的家伙会严肃认真！你怎能指望这批不断生产语言的七彩果浆的磨床，可以理解父亲的沉重忧虑！那群穿丝绸外套的交易商，对父亲先知般愤怒的吼叫充耳不闻，他们三三两两蹲在布匹堆成的小山周围，热情洋溢地讨论货物的贵贱优劣，不时哈哈大笑。那伙黑压压的贩子急切地贬损这片景致的高贵材质，用污言秽语来砍伐它，几乎要将它整个儿吞掉。

另外一些地方，身穿华彩长袍、头戴高毡帽的犹太人成群结队地站在光鲜面料的大瀑布跟前。他们是长老会议的众贤，受人尊敬，举止庄重，抚捋着各自精心打理的长须，以克制的外交辞令你言我语。但即使是礼节性交谈之中，仍不乏讥讽的微笑，有如闪电在彼此的眼神间传递。该团体四周层层围绕着平庸的大众，这些人混乱不堪，是面目模糊、毫无个性可言的一盘散沙。他们多多少少填补了这幅风景画的空白，并以胡说八道的唠唠叨叨和叽叽喳喳将底色完全覆盖。这帮家伙统统是傻瓜笨蛋，是一堆手舞足蹈的小丑和逗趣调侃之徒，根本没打算正经谈生意，他们到处表演自己荒诞的恶作剧，给贸易谈判增添些笑料。

然而，渐渐地，快活的乌合之众厌倦了嬉闹，开始散入那片风景的遥远区域，并且慢慢迷失于布满岩石的崎岖道路与峡谷间。兴许他们一个接一个掉进了上述地区的裂缝或沟沟坎坎里，好比狂欢晚会中玩累的孩童，消失在房屋的角落和隐蔽之处。

同时，市镇的长老们，崇高的犹太公会的诸位成员，正结伴散步，神态庄严尊贵，并展开沉静而深刻的争论。他们走遍这片奇峰绵延的山乡，三个一队两个一伙，漫游在偏僻、蜿蜒的道路上，整座荒凉的高原处处是他们又黑又小的身影，低垂的天空幽暗而沉闷，乌云密布，被犁成一列列冗长的平行沟堑，切割成一道道银白色条纹，深处呈现着迴远苍穹的更多层次。

在那片土地上，灯光创造出一个虚假的白昼，这个诡异的白昼，既没有黎明也没有黄昏。

父亲逐渐恢复平静。他的愤怒在这片风景的众多分层中沉降、冷却。此刻，他坐在高大货架的廊道上，凝望入秋的无垠乡野。他看见人们在远处的湖泊捕鱼。一只只小艇上，渔夫两两成双，将网抛入水中。岸边的男孩头顶竹筐，里面装满扑腾不休的银白色渔获。

这时候他注意到，远方的一队队漫游者仰头望天，抬起手指向什么东西。

很快，天边涌来许许多多彩色的斑点，这块波浪状污渍逐渐扩大，增长，并迅速转变为大批怪异的鸟类，围绕巨大的交叉螺旋不断回翔。整个天幕上遍布它们的高飞远翥、它们翼翅的鼓动，以及它们沉静滑行的辉煌队列。有些鸟儿像鹳一般悠闲张开双翅，几乎一动不动地飘浮在空中，另一些则近似野蛮人的纪功柱上摆荡的五彩羽毛，为了在暖气流里飞行，不得不笨拙而沉重地扇动两翼。最后是大批由翅膀、健壮的腿爪，以及光秃秃的脖子拼凑成的低劣混合物，如同粗制滥造的秃鹰和兀鹫标本，锯末漏个不停。

它们当中既有双头鸟，也有多翼鸟，还有在天上费劲挣扎的残疾单翅鸟，很是丑陋。天空变得像一幅年代久远的壁画，充斥怪胎与奇妙的动物，众多生灵沿着五色陆离的椭圆形轨迹盘旋，交错，周而复始。

父亲站起来，沐浴在突然降临的光芒里，他伸出双手，用古奥的咒语召唤那群禽类。他认得它们，非常激动：这是已遭遗忘的、曾被阿德拉赶向远空的那一代飞鸟的后裔。如今，这伙人工孵化的羽族废物回来了，它们身体退化而又生长过度，无不残缺畸形，统统是天生的怪物。

它们发育得痴痴蠢蠢，个头大得离谱，体内空空荡荡死气沉沉。这些鸟的所有生命力都已注入羽毛，扩散至繁盛的荒唐怪诞之中。它们似乎是某座博物馆展出的灭绝物种，是鸟类天堂的垃圾废料。

有的鸟仰面朝天飞行，沉重、笨拙的巨喙犹如长钩大锁，它们身上不乏色彩斑驳的瘤子，全是些睁眼瞎。

这场意外的回归令父亲大为动容，它们依恋主人的鸟类本能让他深感惊异，这个受到驱逐的部族把他像传说般保存在灵魂里，许多代之后终于赶在全伙死绝的前一天，重返自己最初的家园。

但那些纸做的盲鸟再也认不出我父亲。他用古老的魔咒，用早就被人忘记的禽类语言徒劳地呼唤它们。它们既没有听到也没有看到他。

突然，石头低啸着飞向空中。是那帮滑稽的小丑，无脑的蠢蛋一族，他们瞄准天上奇幻的鸟群，开始投掷石块。

父亲徒劳地警告他们，徒劳地施展变戏法的手势威胁他们。

没人听从他，没人搭理他。鸟儿纷纷跌坠。它们一旦被击中，便沉重地往下垂落，并在空中凋零。触地之前，它们早就变成一堆堆乱七八糟的羽毛了。

眨眼间，那片高地上布满奇异、怪幻的腐尸。父亲还来不及抵达大屠杀现场，一度辉煌的鸟族已全无生机，在岩石上四处散落。

到这个时候，凑近观看，父亲才发觉这一代衰退的鸟儿是如此微不足道，其庸俗艳丽的身体是如此荒谬可笑。

它们不过是一大捧一大捧羽毛，随意塞入一具具陈骸旧尸之中。许多鸟儿的脑袋已无从辨认，因为它们躯体的这个畸形部分不存在灵魂活动的迹象。有些鸟儿浑身覆满板结的皮毛，颇似野牛，并且散发恶臭。另一些则让人联想到隆脊秃顶的死骆驼。最后，还有一些鸟儿显然是用某种纸做的，外表虽鲜艳华美，体内却空无一物。其中一部分如果凑近了看，竟什么也不是，仅仅是一大堆孔雀尾翎和彩色扇子，它们借助于匪夷所思的方法，获得过虚有其表的生命。

我看见父亲悲伤不已地走回来。那个虚假的白昼徐徐显现一个正常清晨的色调。荒败的店铺内，最高的货架上溢满拂晓天空的色彩。在那些消逝风景的碎片之间，在遭到毁坏的夜晚布景之间，父亲看到店伙计睡醒了。他们从成捆成捆的布料中爬起来，冲太阳直打呵欠。楼上的厨房里，阿德拉正在将咖啡豆研成粉末，她一身睡梦的余暖，头发蓬乱，用白花花的胸脯抵住小磨，把光泽和体温传递给碾碎的豆子。阳光下，猫儿在清洁自己的身体。

集　外

秋天

你们想必熟悉这个季节：夏季，不久以前还如此葱茏、繁盛、无所不至的夏季，将一切能够想象之物——人群、地点、事件——揽入它无边怀抱的夏季，终有一天将产生少许可见的裂痕。阳光依然强烈、充沛、丰足，景色依然维持着普桑[①]之天才所赋予这个季节的高贵华丽、堪为典范的风姿，但是，挺奇怪，当我们清晨漫步归来，觉得异常厌倦、空虚：有什么令人羞愧的事情吗？我们稍感不快，避开彼此的目光——是何原因？我们知道，薄暮降临时，会有人脸上挂着腼腆的微笑，退入夏天的某个偏僻角落，轻轻叩响墙壁，以测试它是否还保留着圆润真挚的音调。这项实验包含背信弃义、揭人伤疤的叛徒式愉悦，包含绯闻丑事引发的兴奋激动，尽管在公开场合我们仍旧虔敬而忠诚。多么可靠的一家公司！其资金是这般雄厚……即便如此，当企业并购的新闻次

① 尼古拉·普桑（Nicolas Poussin，1594—1665），画家，法国古典主义画派代表。

日传开，它似乎已是前天的消息，不再具有丑闻的爆炸性效果，而且由于投标竞价的过程轻松活泼、公平公正，由于脏污的公寓已经搬空，仅剩光秃秃的四壁——如今充满明亮、冷静的回声——因此这一新闻绝不会引发任何遗憾或伤感。夏季的全部清算工作很草率，像一场受到耽搁并拖延至圣灰星期三才举行的狂欢节，[①]既懒散又徒劳无益。

不过，悲观丧气恐怕还为时尚早。谈判仍悬而未决，夏季的储备仍未耗尽，它仍可能完全恢复……然而，深谋远虑和理智客观一贯不是度假者们的长项。甚至连旅店老板，那些深陷夏天事务之中的旅店老板，眼下也放弃了抵抗。不！对待忠实的盟友如此缺乏诚意和尊敬，绝非高贵商贾所为！他们净是些不法摊贩、卑鄙怯懦之徒，从来只顾眼前。他们一个个都紧紧抱住自己的破烂钱袋，愤世嫉俗地抛开各自优雅的面具，脱下晚礼服，显露其讨账人的真实身份……

我们也开始收拾行李。我十五岁，现实生活的重负尚未压到肩头。离动身的时刻还差一个钟头，我又一次跑到外面，去跟这个度假胜地告别，去重估那个夏天的成色，瞧一瞧什么东西可以带走，什么东西必须永远留在这个注定消亡的小镇上。但是，当我来到空空荡荡、下午阳光照亮的公园，站在圆形小广场的密茨凯维奇[②]纪念碑旁，这场夏天危机的真相终于在我内心深处显现。

---

① 在波兰，每年从主显节至圣灰星期三是举行狂欢节的日子。
② 亚当·密茨凯维奇（Adam Mickiewicz，1798—1855），波兰诗人、革命家。

怀着幸获天启的愉悦，我登上纪念碑的两级台阶，展开双臂，傲然四顾，深深一鞠躬，仿佛在向整个度假胜地致敬，并说道：“再见了，夏季！你是如此丰饶、绚丽。其他任何一个夏季都无法与你媲美。今天，我才认识到这一点，尽管你时时让我悲伤、沮丧。我把自己散落于公园、街道以及花坛的所有历险，送给你当作纪念。既然我无法将自己的十五岁带回家，它唯有留在此地，永久与你相伴。另外，在我住过的那套别墅的廊壁间，我挂上了一幅为你而绘制的画作。眼下你正沉入阴影之中，整座小镇，连同所有房屋和花园，也将随你全部沉入黑暗世界。你没有子嗣。你和这个小镇，你最后的族裔，正在死亡。

“但是，你并非无辜。哦，夏季！让我来告诉你，你罪咎何在。哦，夏季，你不愿接受现实边界的限制。没有任何现实能满足你。你超过所有认识的限度，你在现实里永不餍足，便用隐喻和诗意的形象来营造上层建筑。你在联想和暗示中、在事物之间的不可思议中游走。所有事物皆与其他事物相关，而它们又反过来成为另一些事物的暗示，如此循环往复，直到永远。最终，你的贫嘴饶舌越来越令人生厌，你无休无止的修辞波浪已摇荡得太久。没错，修辞，请原谅我这么说。在众多心灵之中，在众多领域之中，这一点已经很清楚：追寻本质的强烈欲求开始积聚。那时你将被征服。你普世大同的疆界愈发清晰可见，你非凡的风格、你在美好年月里穿戴的华服艳饰，如今看来不过是矫揉造作。你的甜腻和伤感打上了你年少轻狂的烙印。你的夜晚无边无际，犹如恋爱者放纵奔荡的激情，有时它们又充斥着幻影，犹如满脑子幻觉之人叽叽咕咕的絮语。你如此芬芳，超过人类所能欣然承认的上限。在你极具魔力的触碰下，万物纷纷瓦解，化为更深刻更高级的形式。世人吃下你的苹果，便会梦想到产自天国原野的果实；你的桃子会激发关于仙果的联想，其香味简直可以食用。你的调色板上只有最高等级的颜料。而昏黑、暗黄、油污的青铜色，你对其简洁饱满一无所知。秋天是人类精神对物质、实体、边界的渴望。出于无法知晓的原因，当人类的暗喻、规划和梦想开始全力变为现实，则秋天即将到来。那些虚妄的怪影——至今弥漫于人类宇宙最遥远的区域，以它们的幻象为其最高邈的苍穹涂上色彩——眼下正返回凡间，寻找众生呼吸的暖意，寻找他们栖身之所的舒适庇护，寻找能够放下一张床的小小角落。人类的房子耸立如伯利恒的马厩，好似一个核心，所有恶魔，所有天上地下的精灵无不围绕它旋转。这个姿态典雅、修辞古奥、夸张圆滑的美丽时代已宣告结束。秋天寻求丢勒[①]和勃鲁盖尔父子[②]那简练、原始的力量。该形式从物质的冗余之中突然爆发，固化为节瘤和硬块，用下颌以及螯钳抓住物体，撕咬它，蹂躏它，挤榨它，最后才松开爪子，而它已饱经摧残，留下搏斗所造成的伤疤，就好比给圆木粗暴地凿出一个怪异生动的标记，使狰狞的表情在其僵硬死板的脸庞上呈现凸显。”

我冲着公园这块半圆形空地发表上述议论，还讲到其他事情。

① 丢勒（Albrecht Dürer，1471—1528），德国画家。
② 指荷兰画家彼得·勃鲁盖尔（Pieter Bruegel，约 1525—1569）及其两个画家儿子。

公园似乎在我眼前渐渐消隐。然而，我只不过大声说出了此番独白的零星词句，或许是因为我无法找到最恰切的措辞，或许是因为这仅能算一次虚有其表的演讲，不得不借助手势来填充言语之间的空白。我以坚果为喻，它们是秋天最经典的果实，与屋内的家具同根同源，极富营养，味道奇佳，保鲜长久。我提到了栗子，清漆般闪亮的果实典范，为儿童娱乐而创造的剑球玩具[①]，并提到了秋天的苹果，它们在公寓的窗台上透散着美好、亲切、浅淡的红晕。

当我回到住宿的房间，黄昏已开始浸染空气。两架巨大的马车停在院子里，将用于我们返家的旅程。马匹还没套上缰绳，脑袋深深埋入饲料袋，打着响鼻。所有房门都大大敞开，蜡烛在我们房间的桌子上燃烧，微风使之摇曳不定。迅速降临的暮色，匆匆忙忙搬运行李的众人，他们在昏暗中模糊不清的面容，我们惨遭侵凌、门窗大敞的房间，这一切给人造成的印象是仓促、凄凉、末日恐慌，以及悲惨而痛苦的大灾难。最终，我们坐进深深的马车，启程回家。原野上，浑厚、昏黑而沉重的空气在我们头顶呼啸。车夫挥动他们长长的马鞭，令人沉醉的空气于是爆发出蜜糖似的噼啪声，马匹的步调始终保持不变。它们壮实而漂亮的背部在黑暗中晃动，尾巴则如刷子般摆荡不已。马车一辆紧跟另一辆，迅疾穿过既无星星也无灯光的孤独夜景，它们是两团马肉的组合

① 起源于法国的一种玩具，玩耍者要把一个带孔的圆球抛起，再让它精准地插到棒尖上。

物、隆隆作响的匣子，以及呼呼直喘的皮革风箱。有时它们似乎散了架，分崩离析一如到处乱爬的螃蟹。于是车夫不得不把缰绳拽得更紧。他们归拢凌乱无序的蹄声，将其约束成齐整、规律的节奏。明亮车灯所投射的阴影不断远去，深入黑夜之中，越拉越长，将自己撕碎而获解放，惊惶地大步奔向狂野的荒原。它们迈开长腿偷偷溜走，并躲在远处的某个地方，在森林边缘，以戏弄的姿势朝车夫投来讥讽。车夫用粗大的鞭子猛抽它们，不让马车失去平衡。当我们从房屋之间驶过，小镇已经入睡。路灯在空荡荡的街道上零星闪耀，好像它们之所以受造成形，仅仅是为了照亮某一座低矮房屋或者某一片阳台，又或者是为了将某个锁住的屋门上方的门牌号印入我们的记忆。深夜时分，突然遭到惊吓的门窗紧闭的商店——它们的大门、它们滑溜溜的门槛，以及它们在夜风中摆荡的招牌——构成一张画卷，既饱含绝望的放弃，又充满剩余之物、被人遗忘之物所特有的深刻孤独。当我们接近集市广场，姐姐乘坐的那辆马车拐进一条偏街。驶入广场深沉的阴影时，马匹改变了它们奔跑的节奏。有个面包师站在敞开的门廊里，用他深色的眼睛死死盯着我们。药房的窗户此时仍然亮堂，覆盆子香脂正从一只巨大的蒸馏瓶里提取出来。人行道在马匹的蹄掌下变厚，复杂的蹄响越来越稀疏，越来越清晰，最后听到叮咣两声，我们的老房子慢慢从黑暗中显露，马车于是停下。女仆提着一盏配有反光镜的煤气灯来给我们开门。在楼梯间，我们巨大的影子直抵拱形天花板，并折断于此。我们点燃一根蜡烛照明，窗外吹进来的轻风使它闪烁不定。被遮暗的墙纸因无数艰困世代的忧愁和痛苦而发霉。陈旧的家具从昏睡中，从长久的孤寂中苏醒，似乎正以苦涩的宽容理解和耐心的精明世故，观察归家的人们。“你们逃不掉的，”它们似乎在说，“到头来，你们还是得返回我们的魔幻国度，因为我们已经把你们的动作和神态、你们无论是站立还是坐下的姿势、你们将来所有的日日夜夜全部瓜分完毕。我们在等待……我们知道……”那些床铺深广无垠，高高堆起冰凉的被褥，也正在等待接纳我们的身体。受到睡眠的昏黑团块所压迫，夜晚的泄洪闸嘎嘎直响，稠密的岩浆即将冲破封锁，漫过堤坝，淹没房门，淹没老旧的壁橱，淹没微风在其间叹息不止的砖砌火炉。

梦想共和国

动荡、火热、令人头脑昏沉的日子里，走在华沙的人行道上，我又一次神游于那座魂牵梦萦的城镇。借助想象，我翱翔在低矮的乡野上空，它广袤无垠，参差多态，这匹印花织锦的布料，如同上帝的斗篷般抛在天堂大门之前。整个国度皆已臣服于苍穹，用力将它撑起。这一片天空姿态万千，呈现五彩缤纷的拱形，满是长廊、三角拱廊、蔷薇花饰，以及开向永恒的众多窗户。年复一年，这个国度逐渐融入穹宇，浸入黎明之中，在辽阔天域的闪光里灼烧如仙境。

此处是该国通往南方的咽喉要道，它被阳光所照耀，被夏季的天气所炙烤，变为一枚熟透的梨子。那片上天垂爱之地，那个奇异的省份，那座举世无双的小镇，好似一只猫躺卧在太阳底下。该如何向凡夫俗子言说这一切？该如何向他们解释，在一条绵延不断、起起伏伏的大地之舌上，逼人的夏天热浪使这个国家呼呼直喘；而该地区延伸至南方的炎炎海角，作为一根孤独旁枝深入黑皮肤匈牙利人的葡萄园之间，它如一潭死水，与这个国家的广大地域相隔绝，单枪匹马沿着一条人迹罕至的小径奋力闯荡，企图自成世界。这座小镇及其乡野被囚禁在一个自足的微观宇宙里，在永恒的边缘地带自生自灭。

郊外小花园仿佛坐落于世界的边境，它们的凝视越过篱笆，投进一片不知名平原的无垠之中。在其税卡外面，这个国度的地图变得犹如迦南般难以名状、旷远无际，而在那荒凉、狭窄的条状土地之上，天空再次洞开，它比其余任何地方的天空都更加深邃，更加宏阔，好像一座层次繁多的圆形穹顶，布满未完成的壁画、即兴彩绘、飞翔的锦缎以及热烈的圣灵升天。

我该怎样表述？当其他市镇致力于发展经济，使自己演变为统计数据、人口规模时，我们的小镇则退而求其根本。在这里，没有什么事情是胡乱发生的，没有什么活动不深含隐秘的动机或谋划。此地的事件绝非转瞬即逝的肤浅幻影，它们扎根于事物深处，触及本质。每时每刻，这里都在做出决定，为将来确立典范。所有事情仅仅会发生一次，而且不可改变。因此，本地的一切无不极其严肃、极其鲜明、极其哀伤。

例如，这一刻，庭院淹没在杂芜与荨麻之中。长满苔藓、摇摇欲坠的棚屋和仓室正陷入巨大的牛蒡丛里，它们的高度已达到覆盖木瓦的房檐。镇子的招牌就是荒草，其放纵、热切、迷狂的绿意蓬勃生长，变成廉价、粗劣而且含毒的草木，充满恶意和寄生物。这片绿色植物在阳光的曝晒下熠熠生辉，肺囊喷喘着炽热的叶绿素。散漫、贪婪的荨麻军队闯进花圃里大肆屠杀，侵入花园，仅仅一夜之间便蔓延到毫无防范的棚舍和房屋的后墙上。它们在路边的沟渠内疯狂交媾。很奇怪，这如饥似渴的小小绿色物质里，这阳光和地下水的结晶里，竟蕴含着如此凶猛暴烈、疲惫不堪且又繁殖力低下的生命力。它诞生于一小抹叶绿素，在那些白昼的烈焰里膨胀，自我混合，蔓延成一片繁茂而虚无的机体，这股绿色精华上百遍地散播于几百万叶片之中，它们清澈碧透，脉纹纵横，覆满绒毛，闪动着莹润的植物之血，散发着草香和泥腥。

这样的日子里，储藏室正对着院子的窗户被一片翠绿的瀑布所覆盖。窗框碧影灼烁，满是树叶的反光、薄纱似的震颤、波动如浪涛的层层绿色小板，这全然是繁殖力强大的院落令人惊骇的畸形泛滥所致。储藏室深深陷入暗影之中，亮闪闪地掠过所有绿荫。而绿色反光在波浪当中四分五裂，犹如一片喧嚣的森林，穿过那荫翳的华盖。

镇子因这场大火而发狂，因其炽焰而晕头转向，陷入极度亢奋之中，如同陷入一场长久的昏睡。它难以呼吸，空虚无物，在蜘蛛网密不透风的缠裹下深眠，荒草丛生。窗台上长满了牵牛花，屋内绿影斑驳，朦朦胧胧，好像旧瓶底部。成群结队的苍蝇已濒于灭绝，它们似乎会永受囚困，禁锢于可怕的痛苦里，发配到单调乏味、旷日持久的悲戚以及愤怒、阴郁的哀号之中。渐渐地，这些窗户聚集了大批奄奄一息、即将毙命的昆虫，它们散落成一条线，状如花边，而与此同时，巨大的长脚蚊没完没了地撞击墙壁，其飘忽不定的飞行造成微弱的嗡响，最终降落在一块玻璃上，已死般一动不动。整个家族的苍蝇蚊子在那扇窗上繁衍后代，慢慢悠悠扩散至整块玻璃表面，于是一代又一代翅膀脆弱、呈天蓝色金属和琉璃光泽的飞虫接连诞生。

商店的窗子上方，宽大而明亮的遮阳篷覆满条纹，如波涛此起彼伏，承受着强烈日光的炙烤，在炎热的微风里轻轻晃荡。死季笼罩着空无一人的广场，以及由狂风清扫干净的街道。远处的地平线上花园密布，在天光下头晕目眩，恍恍惚惚，仿佛刚刚从天国的原野降落凡间，好似一张巨大的帆布，灼亮而郁烈，并且在飞翔的过程中分崩离析，暂时耗尽精力，唯有等待新一轮光芒来使自己复生。

这样的日子能干些什么？该如何逃避那股炎炽，逃避最昏沉的睡意，以及在闷热难耐的正午时分压迫你胸膛的噩梦？这样的日子里，母亲常常雇一辆马车，我们全家出动，挤进它黑色的车厢，几名店伙计则爬到车顶上跟行李共处，或者抱住弹簧，一行人离开镇子，前往古尔卡[①]。我们进入忽高忽低的丘陵地区，孤独的马车艰难前行，驶入崎岖道路之间的蒸人暑气里，闯进大路上滚烫的金色尘土之中。

马匹因疲累而拱起背部。它们闪光的屁股卖力扭动，尾巴不停拂扫，有如轻柔的毛刷。当马车经过平坦、遍布鼹鼠洞的牧场，轮子徐徐转换方向，轮轴尖叫连连，草地上奶牛躺卧的姿势很是奇异，如同一个个古代坟堆。它们头上长叉长角，躯体硕大，丑陋的皮肤上遍布骨质、节疤和突刺，沉静的目光映射出辽远而跌

---

① 古尔卡（Górka），位于波兰中西部的一座村庄，名字意为“小山丘”。

宕延绵的地平线。

最终，我们驶入古尔卡，停在低矮、石砌的客栈旁。它孤零零坐落在一道分水岭上，两边是陡峭的坡面，宽阔的屋顶在天幕的映衬下分外鲜明。马匹拼命挣扎，企图冲上高耸的边缘，继而又停下来，陷入沉思，仿佛站在一道分隔两个世界的关卡前。那道关卡外，可以俯览一片广阔的风景，它饱经风筛日炙，旧挂毯般发白，遍布漫长的公路，被一阵浩大、空虚的蓝色轻风所吹拂。这风从迥远、起伏不定的平原上刮来，令马鬃直竖，在高广的苍穹下向前飘动。

我们往往留在此地过夜，或者，如果父亲有所示意，我们会朝无垠的乡野进发，其间的道路纵横密布，犹如一张地图。在远处蜿蜒的道路上，隐约可看见原先搭载我们的马车仍在奋力前进。它们沿着一条穿过樱桃林的明亮公路缓行，径直驶向一处温泉浴场，当年它规模还很小，位于一个泉水叮咚、溪流潺潺、落叶窸窣作响的狭窄林谷之中。

那些久已逝去的日子里，我和伙伴们想到的第一个荒唐可笑的念头，是前往更遥远的地方游荡，走过温泉浴场，进入杳无人烟、仅仅属于上帝的荒野，进入一片存在争议的中立边境地区，在那里，两条国界线犬牙交错，又高远又深邃的天空下，风之玫瑰随意旋转翻滚。我们想在那里安营扎寨，独立于成年人，彻底脱离他们的影响，宣布成立一个青春共和国。我们将在此组建一个全新的、不分党派的立法机构，创造全新的标准和价值体系。这里的生活将高举诗歌和冒险的大旗，将满含无穷无尽的领悟和惊奇。

我们要做的事情，不外乎拆除墨守成规的壁垒，去掉陈规陋习施加在人类公共事务之上的桎梏，而我们自身的生活将回归本质，迎来不可预知的洪水、浪漫传奇的大潮。我们要以神话寓言的激流、历史事件的狂澜环绕生活，任凭自己在它汹涌的波浪间浮沉，完全顺从其摆布。归根到底，自然精神是一位伟大的讲故事者。寓言、神话、传奇和史诗源源不绝，以不可阻挡之势从它的核心涌出，广漠的大气里充斥着童话传说。你只需在这遍布幽灵的天穹下边放一只捕猎夹子，在风中插一根木桩，当故事碎片在它顶端颤动时，便会钻入圈套。

我们决心自给自足，确立一套崭新的生活原则，开创一个崭新的时代并重建世界——当然，是在很小的范围里，仅仅为了我们自己，而且完全依据我们的品味和旨趣。

它将是一处要塞、一个城寨、一座固若金汤的堡垒，俯控周边地区。它既是一个据点，又是一座剧院，也是一间幻想实验室。整个自然都围绕它旋转。如同莎士比亚的杰作，我们的戏剧将渗入自然并与之紧密相连。它植根于现实，从一切元素中汲取冲动和灵感，跟随大自然循环往复的恢宏潮汐而起起落落。我们会找到伟大的自然机体全部活动的枢纽，所有故事和寓言在此流进流出，仿佛是她非凡而朦胧的灵魂所生成的幻觉。我们将效法堂吉诃德，要从生活中开辟一条容纳所有历史和神话的河道，向所有在越来越奇妙的广阔天地里诞生的阴谋诡计、纷繁混乱与命运突转开放其疆界。

我们假想该地区处于某种难以名状的威胁之下，某种神秘的恐怖悄然降临。我们在堡垒内找到避难所，远离危险和惊惶。如今狼群到处奔突。匪帮肆虐森林。他们在筹划一场围攻，而我们在加固工事，强化防御，充满欢乐的战栗和愉快的恐惧。我们朝躲过强盗残杀的逃难者敞开大门。他们在此受到庇护，安全无虞。被野兽追逐的马车急不可待地涌入寨门。我们热诚接待这些尊贵、诡秘的来客，却一头雾水，胡乱猜测，企图洞穿他们的伪装。晚上，我们齐聚于宽敞的大厅里，在蜡烛闪闪烁烁的照耀下，听客人讲述他们的故事和秘闻。有那么一瞬间，那些故事的情节跳出叙述框架，走到我们中间，又生猛又饥饿，把我们当成猎物，卷入其危险的旋涡。它们意想不到的远见、突如其来的启发，以及匪夷所思的相遇，侵入我们的私人生活。大伙昏头涨脑，受到我们自己所激发的剧情突变的威胁。远处，狼嗥清晰可闻，我们细细思索这浪漫的紊乱，对它们将信将疑。此时此刻，玄妙莫测的夜空满载难以描述的欲念，热切而不可抑制，深邃而无穷无尽，正兀自翻腾，在窗外呼啸喧嚣不已。

今天，并非无缘无故，那些邈远的梦想回到我身边。现在我相信，梦想无论多么荒诞无稽、缺乏意义，都不会在宇宙中白白浪费。每个梦想皆对真实含有一份渴望，皆要求真实承担某项义务，要求它不知不觉地变成一类责任、一种必需、一张写明要全数兑现的期票。我们早已经放弃建造一个要塞的梦想，然而，多年以后，某人出现了，此君紧紧抓住它们，非常认真地看待它们，他满怀幼稚的信仰和赤诚，将上述梦想视为理所当然，简单明白，毫无问题，仿佛它们是些司空见惯的事物。我见过这个男人，曾经与之交谈。他那双不可思议的蓝眼睛，似乎不是用来看东西的，而仅仅是用来探入更深更蓝的梦境。他告诉我，第一次涉足我所说的地区，那方无名无姓、纯真无邪、不属于任何人的土地，他就立即嗅到诗意和冒险的芬芳，感觉到它上空悬浮着神话的轮廓和幻影。他在这氛围中发现了那道意念的原型、蓝本、浮雕以及立面图。他已听到召唤，听到一个内心的声音，犹如诺亚接到命令和指示。

那道意念的隐秘精灵拜访过此人。他随即宣布成立一个梦想共和国，一个诗歌的独立之邦。在这块广袤的土地上，在一片置于森林之中的风景表面，他确立了幻想的绝对统治。他划定边界，给要塞奠基，把该地区转变为一座巨大的玫瑰花园。这儿有客房，有供人独自冥想的小隔间，有餐厅、宿舍、图书馆，以及公园里僻静的楼阁、凉亭、观景台……

无论是谁因为躲避野狼或盗匪的追袭而跌跌撞撞逃到这座要塞的大门前，必会得救。他将以胜利者的姿态走进来，脱去脏污的衣袍。他深感幸福，满怀欣喜，步入乐园的微风之中，步入玫瑰色的甜蜜空气之中。他已远远抛开城镇及其凡俗事务，抛开热火朝天的喧嚣日子。他将找到一种全新的美妙节奏，丢弃自己衰朽的身体好比丢弃一副外壳，摘去已经在他脸庞生根的诡怪面具。他化茧成蝶，飞向自由。

那个蓝眼睛的男人并非一名建筑师。其实，不妨认为他是一位导演，作品是风光片和宇宙景观片。他捕捉大自然的意图，解读它最隐秘的欲念，以此实现他本人的艺术理想。大自然饱含潜在的建筑物，充斥着蓝图和筹划。那些灿烂时代的建筑大师们究竟有何杰作？他们偷听宏阔的广场上空回荡的无尽悲怆，偷听变幻不定的遥远景致，以及两两成双的林荫大道悄无声息的哑剧。早在凡尔赛宫建好之前，在夏夜的无垠苍穹上飘浮的云朵就自行聚拢成绵延广大的埃斯科里亚尔建筑群[①]，这是一个富丽堂皇的浮空之城，正在排演它们宏伟壮观的舞台布景顺序。那座云端大剧院辽阔无边，拥有永不枯竭的创意、设计，以及空想模型。它能够幻化出一片庄严而富于灵感的楼宇，拟出一份阴云密布、超然卓越的总体规划。

凡人的作品具有这样一种特性，它们一旦完成，便与外界隔绝，跟自然切断关系，在自己的原则之上稳定下来。但蓝眼睛男人的作品从未远离它伟大的宇宙维度，而是一直留在其间，并没有全然转化为尘世的造物，就像一匹半人马，掌控着自然的宏大循环，尚未完成，仍在生长。蓝眼睛男人邀请我们合作建设下一阶段的工程。毕竟，我们都是天生的梦想家，是同一块抹泥刀徽章下的好兄弟，是命里注定的建设者……

① 埃斯科里亚尔建筑群（El Escorial），西班牙的一处历史建筑群，包含了修道院、王宫、图书馆、学校等设施。

彗星

1

那年暮冬，星象奇佳无比。日历上各种颜色的预测异彩纷呈，在清晨积雪覆盖的郊外闪烁着红光。礼拜日和节假日红得发紫，每个星期总有三四天熠熠生辉，它们在虚幻的火焰中冷冷燃烧，某一刻，世人的心脏加速跳动，因这抹富含预兆的红色而迷醉，可实际上它并不是什么预兆，仅仅是提前到来的警示，是七彩日历为了炫耀而在那一周的封皮上涂刷的鲜亮朱砂红。从主显节前夜开始，我便一晚又一晚坐在餐桌旁，仿佛面对一片白色检阅场，烛台和银器在其间闪闪发光，而我只好没完没了地玩单人纸牌游戏。每过一个小时，窗外的夜色就比先前更明亮一分，漫天飞雪，处处晶莹剔透，撒满不断涌现的杏仁粉末和冰糖，而月亮，这位极具创意的变形大师，完全沉醉于它迟晚的月相活动，轮番展示从月缺到月圆的不同形态。它越来越亮，已在一局吃磴游戏[①]里打掉全部的人头牌，并复制了它们所有的花色。如今，即使大白天也经常看到月亮，它守在一旁，等待时机，早早就准备登场，好像黄铜般黯然无光，又好像一名握着灼亮棍棒的愁容骑士——纸牌里那张忧郁的杰克。大块大块羽毛似的云朵恍若绵羊从它身旁经过，悄无声息地游荡于苍茫之中，用微微闪光、薄如鳞片的珠母贝将月亮勉强遮住，并飘向远方，五光十色的暮穹在那里凝固成夜晚。日子被匆匆翻过。屋顶上，狂风咆哮而至。它灌入冰冷的烟囱，直抵炉膛；它在市镇的上空搭设幻想的脚手架及平台，继而在椽子与横梁的喧哗中，将这些巍然高耸、咔咔作响的建筑物全部拆除。偶尔，遥远的郊区会腾起一股火焰。开裂的铜绿色天空下，烟囱清扫工在高高房顶和山墙上跑遍整座镇子。他们身处一片空中的景致里，从一个地方爬到另一个地方，穿梭于塔尖和旗杆之间，梦想着狂风会为自己短暂掀开少女们闺阁的顶盖，并且在汹涌起伏的市镇巨著之上，重重地将其再度关闭。那部大书给多少个日日夜夜提供过令人惊异的文学作品啊！渐渐地，风力减弱，最终平息下来。店伙计们将富于弹性的织物摆到橱窗里展示，而羊毛料子的轻柔色调也促使天气迅速转晴，染上薰衣草的浅紫色，以及木樨草的淡红色。积雪消退，收缩成一张纤细的绒毯，蒸发到干燥的空气中，被深蓝的微风所啜饮，重新融入广阔无垠、既看不见太阳也没有云朵的拱形天穹。夹竹桃在人们的

① 吃磴游戏是纸牌游戏的一种类型，包括桥牌、法国塔罗牌等。

房间里到处绽放，窗户大大敞开，麻雀无忧无虑的啁啾充满厅室，恍如一个天蓝色日子的沉闷之梦。在狂风刮得干干净净的广场上方，红腹灰雀和大山雀激烈而短促地连连争斗，以叽叽喳喳的鸣叫相互警告，随即又四散开去，乘轻风飞向远方，在空阔的蓝天里消失得无踪无影。有那么一刻，几双眼睛留住了鸟儿颜色缤纷的斑点——那是一捧随意抛入明净苍穹的五彩纸屑——接着它们便消融在某只眸子深处的黯淡蔚蓝之中。

初春已经降临。实习律师们，这伙优雅、时尚的典范，稀疏柔软的胡子打着卷儿，衣领又高又硬。连续好几天，横风扫荡，犹如洪水过境，在高高的城镇上空怒吼，实习律师为了朝相识的女士致意，老远就脱下他们五颜六色的圆顶礼帽，用后背来抵抗大风，外套的尾角猛烈拂动。他们的目光躲躲闪闪，既温文尔雅又矜持克制，以免他们的情人受绯闻缠身。有时候，这些女士会一脚踏空，惊恐地大声惊叫，裙子飘荡不已，等到她们镇定下来，才重新报以温婉的微笑。

下午，狂风往往趋于平息。阿德拉在阳台上清洗巨大的铜制炖锅，把它们捣鼓得咣噹咣噹直响。天穹停在木板屋顶上方一动不动，似乎已精疲力竭，其蓝色的道路不断分叉延展。几个伙计从商店被派来办事，他们久久待在厨房门外，缠着阿德拉，倚着栏杆，沉醉于吹了一整天的长风，脑子里一团糨糊，被麻雀的喧闹搅得神昏意乱。微风从远处送来手摇风琴的茫然曲调。轻声细语的吟唱根本听不清楚，给人的感觉是随兴而为，似乎纯真无邪，实际上是处心积虑想刺激阿德拉。她被戳到痛处，反应相当激烈，怒极而笑，狠狠地臭骂他们，姑娘的脸庞由于春天的迷梦而稍嫌苍白阴郁，这一刻因为怒火和快乐而胀得通红。店伙计一个个垂眼低眉，假装无辜，其实成功惹恼了阿德拉使他们心头充溢着邪恶的满足感。

清晨和下午匆匆逝去。每天发生的琐事，若从我们阳台的高度加以俯瞰，会看到它们河水般从混乱无序的市镇上方，从浸入那几个灰暗星期的曚昽光芒之中的屋顶和房舍组成的迷宫上方流过。补锅匠蜂拥而至，大声吆喝招揽生意。有时，斯洛马强有力的喷嚏滑稽可笑地加剧了这座城镇奔涌、邈远的尘嚣。在一个遥遥相望的广场上，女疯子图雅因为小孩们的戏弄而陷于绝望，开始跳起她狂野的萨拉班德舞，把裙子踢得老高，好让围观的众人快活快活。阵风吹来，把这些吵吵闹闹抚平，使之融入单调、黯淡的嘈杂声里，匀整涂抹于白茫茫、灰蒙蒙的午后空气所笼罩的木瓦屋顶的海洋之上。阿德拉靠着栏杆休息，身体俯向镇子那暴风骤雨似的遥迢喧嚣，她能够捕捉到所有响亮的重音，并且微笑着重新组合那些丢失的音节，试图把它们拼接好，以便从当天宏伟、晦暗、起起伏伏的贫乏单调之中解读出某些意义来。

这是一个机械和电子的时代。在人类天才的翅膀下，大量发明创造呈现于世间。配有电动打火机的雪茄盒进入了殷实人家。只需按下开关，密集的电火花就会点燃用汽油浸泡的棉芯。这一切激起了前所未有的希望。形如中国宝塔的八音盒，一旦上紧发条，便立即演奏它微型的轮舞曲，还能像回旋木马一样转圈。每隔一阵子，铃铛会摇响，而那些小门会扑啦扑啦打开，向人们展示盒内的滚筒，它不停转动，正在演奏鼻烟壶似的八行两韵诗。每一座房子都装上了电铃。家庭生活处处依赖电力。绝缘线圈已成为时代的象征。年轻的花花公子在沙龙里展示伽尔瓦尼[①]的发现，并收获女士们神采奕奕的表情。一个电导体即可叩开女人的心扉。成功做完一项实验后，当天的英雄们在休息室的掌声中向周围不断送出飞吻。

没过多久，各式各样不同型号的脚踏车便在城镇里泛滥成灾。世界观已不容或缺。任何人只要认同进步的观念，都必须接受这个符合逻辑的结论，并且骑上脚踏车。领风气之先的团体，自然是实习律师，那些新思想的先锋，胡须卷曲，头戴彩色圆顶礼帽，他们是希望，是我们的青春之花。骑着巨大的两轮或三轮车，他们分开吵吵嚷嚷的围观者，冲入其间，车子的钢丝辐条响声悦耳。他们双手搁在宽阔的车把上，坐在高高的车座上，操控着硕大的轮子，沿一条弯弯曲曲、绕来绕去的路线切入欢快的人群。少数一两个家伙被使徒式的狂热攫住。他们踩着转动的脚踏板站起来，像踩着马镫一样，居高临下向大家发表演讲，预言人类幸福的新时代即将到来——通过自行车获得救赎……他们骑行于听众的欢呼声中，朝四面八方鞠躬致意。

然而，在那凯旋般壮观的车队游行里，还有某种令人悲伤的尴尬、某种痛苦而烦人的折磨，这让他们即使处在胜利的顶峰也躲不过跌落为自嘲的危险。诚然，当他们像蜘蛛一样悬垂于精巧

① 伽尔瓦尼（Luigi Galvani，1737—1798），意大利解剖学家和物理学家，电流的发现者。

的机械之上，像巨大的跳蛙一样叉开双腿，在滚滚向前的轮子中间施展鸭式身法时，肯定已有所察觉。他们充满绝望，距离荒诞仅一步之遥，因此俯向车把，加快了行进的速度，以热情洋溢的体操动作扭成一团，头冲着车轮上下翻飞。有必要大惊小怪吗？借助于非法的恶作剧，人类正逐渐步入一个难以置信的便捷天地，这些便捷的价格太过低廉，远在成本线以下，几乎等于白送，最终，投入和产出之间的失衡、明目张胆的造假本质、对高明小伎俩的过度奖励，都不得不用自嘲来抵消。在一阵阵爆炸式的狂笑中，车手们——那些可怜的获胜者、自身天才的殉难者——继续往前骑去，这股技术奇迹的喜剧魅力是何等强大。

当哥哥第一次从学校带回一块电磁铁，而我们因为触摸到禁锢于线圈内隐隐震颤的神秘生命，无不体验到一阵内心的战栗时，父亲高深莫测地微微一笑。一个深思熟虑的计划已在他脑海里成形，把长久困扰他的诸多疑问聚拢并连为一体。为何父亲会顾自微笑？为何他亮汪汪的眸子会翻起白眼，露出激动难抑的讥讽神色？谁能告诉我们？他是不是洞悉了什么笨拙的把戏、低劣的阴谋，那隐秘力量的惊人表象之下所隐藏的明显诡计？从这一刻起，父亲重返实验室，投身研究工作。

父亲的实验器材很简陋：几圈电线、几瓶强酸、锌、铅和炭块。这位奇异的神秘主义者工作室的全部家当大抵就那么多。“物质，”他谦逊地垂下眼帘，鼻息低沉，说道，“物质，先生们……”父亲欲言又止，使人猜测他要讲一个粗俗的笑话，我们安坐不动，统统上当了。父亲压低目光，静静地嘲弄这尊久受崇拜的神偶。“Panta rei！[1]”他厉声大呼，双手不停比画，以展现物质的永恒循环。长久以来，父亲一直在尝试激发奔流于物质之中的潜藏力量，去融解物质的硬壳，为其彻底贯穿、渗透、遍及大千世界铺平道路，而这正是它唯一的真正本质。“principium individuationis[2]毫无意义。”父亲喊道，以此表达对这一人类的根本准则的无限轻蔑。他丢出这句话时，正眯着眼睛，用手指抚摸一段电线，感受线圈的不同部位，凭借敏锐的触觉分辨极微弱的电势差。他在电线上切开几个口子，全神贯注地俯身倾听，随即又快速走上个十步八步，来到线圈的另一处重复前述动作。他仿佛有十双手、二十种感官。他分裂的注意力可同时投向一百个地方。空间里没有一个点能够逃脱其怀疑。他弯腰屈背，轻击电线某处，然后突然往回一跳，像只猫一样扑向下一个猎物，倘若失手，便深为羞惭。“很抱歉，”他出人意料地朝惊讶的旁观者转过身来，说道，“很抱歉，你正好把我挡住了，可否往边上稍微挪一挪……”接着他迅速开展闪电式的测量，身手敏捷，动作灵活，犹如一只在神经系统的脉冲下浑身痉挛、跳来跳去的欢快金丝雀。

金属块浸泡于酸液中，这场痛苦的沐浴使之受到腐蚀，氧化为盐，开始在黑暗里导电。它们从僵死的状态下醒来，单调地嗞嗞作响，在那些哀戚、迟晚的无尽黄昏唱起金属之歌，释放分子

① Panta rei，以拉丁字母拼写的希腊文，意为“万物流变，无物永驻”。
② principium individuationis，拉丁文，意为“个体化原则”。

之光。无形的电荷在阴阳两极聚积，继而超越它们，悉数奔往飞旋的幽暗。空间里穿过一阵难以察觉的刺痛，这股盲目、充沛的极化电流涌向同轴电缆，进入磁场的循环与旋涡。到处是解除休眠的设备在发射信号，随后一台又一台设备接连响应，但有所延迟，甚至延迟得太厉害，它们以令人绝望的单音节词，传出间歇的嘀嘀嗒嗒声，相当沉闷无聊。父亲一脸苦笑，站在那些游荡不定的电流之中，震惊于它们结结巴巴的言语，以及它们永受囚禁、无法逃避的痛苦，在那幽闭的深处，电流用残缺的半音节单调地发送着信息。

这些研究使父亲得出了惊人的结论。例如，根据所谓的内夫锤[①]原理，他证明电铃不过是一个骗局。并非人类闯入了大自然的实验室，而是它将人类拖入其谋划之中，通过实验来达成自己的目标，可我们并不知道它意欲何为。吃晚饭的时候，汤匙泡在汤里，父亲用大拇指的指甲去碰汤匙柄，突然间，内夫铃开始在一盏灯里咔啦咔啦作响。整套设备是一个毫无必要的托词，没什么实际意义。内夫铃不过是某些物质脉冲的合流处，它们利用人类的聪明才智来实现其计划。大自然想要什么，它自己便创造什么，而人类仅仅是一支摇摆不定的箭矢，是织布机的梭子，追随大自然的意志一会儿飞到这儿，一会儿又飞到那儿。人类充其量是一种材料，是内夫锤的一个零件。

有人提到过“催眠术”这个词，父亲急不可耐地采纳了它。

---

① 内夫锤，也称瓦格纳锤、电流启闭锤，用于快速自动打开和关闭电流的装置。

他理论的圆周已经闭合，他已经找到丢失的环节。根据这一学说，人不过是某种形式的中继站，是催眠术电流的临时节点，在永恒物质的子宫里东游西荡。他引以为傲的诸多发明只是大自然的陷阱，诱使他跳进去，落入未知所设置的种种圈套。父亲的实验越来越像玩魔术和表演戏法，多多少少带有模仿杂耍的意味。不必说他各式各样关于鸽子的实验，只需挥一挥魔杖，就能变出两倍、三倍乃至十倍的数量，然后再通过卖力的操作，将它们一只接一只重新收进魔杖里。接下来，他倒持礼帽，让鸽子逐一振翅飞出，完完全全回到现实，在桌面上挨挨挤挤，摇摇晃晃，咕咕直叫。有时父亲会在意想不到的节点上暂停实验，犹犹豫豫杵在当场，眯起眼睛，不久又快步走向门厅，把脑袋探入烟囱的竖井。那儿光线昏暗，积满煤灰，荒寂而令人感到幸福，犹如虚无的最核心部位，暖流上下徘徊。父亲双眼闭合，在那团温热、漆黑的虚无里逗留了片刻。我们都认为这个小插曲在真实当中毫无意义，它发生于日常事务的后台，我们的内心总是对超乎凡轨、全然从属于不同秩序的东西视而不见。

在父亲的节目里，有些戏码很令人沮丧，能够使观众陷入极度忧郁之中。我家餐厅的座椅，靠背高大，雕刻精美，上面花朵和叶片组成的圆环十分逼真。父亲只需用手指轻轻叩击这些花雕，它们就会突然间换成一副不同寻常的滑稽脸相，意味深长，开始闪闪烁烁，狡黠地挤眉弄眼，让人极其尴尬，几乎尴尬到难以忍受的地步。最终，那个眨眼的举动明确了方向，势不可挡，这时房间里便有人高喊：“旺达姨妈，天啊，是旺达姨妈！”女士们大声尖叫。没错，旺达姨妈活生生地出现了。或者说得更准确些，那是如假包换的旺达姨妈，她实实在在地登门拜访，刚坐下就长篇大论说个没完，其他人谁也找不到机会插一句话。父亲的奇迹自我取消了，因为他没有创造出幽灵，那是一个真正的旺达姨妈，以她全部的平庸凡俗抑制了关于奇迹的任何想法。

讲述那个堪值纪念的冬季所发生的更多事件之前，有必要简略说一说某个小插曲，它在家庭编年史里总是被当成耻辱避而不谈。爱德华叔叔究竟怎么啦？来我们的公寓做客时，他毋庸置疑十分健康，满怀创业激情，并把忠实等待他回去的妻子和女儿留在乡间。爱德华叔叔抵达之际，精神正处于最佳状态，想脱离家庭透一口气，找些乐子。可结果怎样？父亲的实验给他留下了过电似的震惊印象。见证我父亲示范的几个成果之后，爱德华叔叔立刻站起来，脱掉外套，将自己完全交给父亲处置。“不必留情！”他大声宣布，神色坚定，跟父亲使劲握了握手。父亲表示理解。他确认爱德华叔叔对于principium individuationis没有因袭的偏见。他看上去毫无这些个劳什子。爱德华叔叔思想开放，绝不墨守成规，唯有献身科学的莫大热忱。

最初，父亲还给予爱德华叔叔一定程度的自由。他正在为一个决定性的实验做准备。爱德华叔叔于是利用这份自由来探索本镇。他买了一辆尺寸令人难忘的脚踏车，并坐在巨大的前轮上方，绕着市集广场转圈，从车座的高度朝二楼的窗户里张望。他骑过我们的房子，向站在窗前的女士优雅地脱帽致意。他上唇的小胡子卷而翘，下巴的硬须细而尖。但是，爱德华叔叔很快便发现，脚踏车永远没法引导他进入机械学更深层的秘密之中，发现它尽管如此美轮美奂，却不能给他提供持续的形而上学刺激。所以实验开始了。爱德华叔叔对 principium individuationis 不抱偏见，这一点极其重要。为了推进科学事业，他毫不反对将自己的肉身压缩至赤裸裸的内夫锤原理的程度。为了完全呈现他最深刻的本质，为了像长久以来他所感觉的那样与上述原则保持一致，爱德华叔叔无怨无悔地同意逐步剥离他所有特征。

父亲把自己关在书房里，埋头拆解爱德华叔叔复杂的本质，这项夜以继日的精神分析工作令人精疲力竭。书房的桌子上渐渐堆满爱德华叔叔自我的散乱情结。最初，他还跟我们一起吃饭。尽管大为收缩，爱德华叔叔仍试图加入我们的谈话。他甚至又一次骑上脚踏车，只因看到自己越来越缺胳膊少腿，最终还是放弃了。他深感羞愧，显现出他所处阶段的典型特质。同时，父亲正越来越接近自己努力的目标。他逐一卸除无关痛痒的东西，将爱德华叔叔压缩到无以复加的地步。父亲把他高高置于楼梯间的壁橱内，根据勒克朗谢[①]电池的原理排列其元素。此处的墙体遍布霉斑，看上去如同一道道白褶子。父亲毫无顾忌地利用爱德华叔叔的全部热情，沿门厅和房子左翼将其肢体拉成一条长线。借助活动梯子，他循着爱德华叔叔的剩余物质把小钉子敲进黑暗廊道的墙壁里。那些昏黄的下午烟雾弥漫，几乎一片漆黑。父亲拿着

① 勒克朗谢（Georges Leclanché，1839—1882），法国工程师，现代干电池领域的先驱。

点燃的蜡烛凑近发霉的屋墙，把它一寸一寸照亮。据说，爱德华叔叔始终英雄般镇定自若，不过他在大限将至之际仍稍显焦躁。众人说，他甚至勃然大怒，尽管这次爆发来得太晚，却差点儿毁掉即将完成的实验。不过，装置已准备就绪，而爱德华叔叔，这位终其一世堪称楷模的丈夫、父亲和商人，在生命的末端终于高尚地发挥了自己最后的作用。

爱德华叔叔运转得极为出色。从未发生过拒绝执行的故障。他把纠缠不清的复杂人格抛诸脑后，没有再重蹈迷失自我的覆辙，并最终找到统一而明确的原则之精髓，从今往后他将奉行不渝。以牺牲几乎无法管控的多面性为代价，他获得了简约单纯、无可置疑的永生。他幸福吗？这样发问是徒然无益的。要使它有意义，生命必须不乏选项，充满可能性，在此，真正的现实迥异于部分真实的可能性，且又映现其间。但爱德华叔叔没有选择。幸福或不幸福，这类两分法对于他根本不存在，因为他是彻底完整的、全然自足的。当你看到他运转得如此精确无误，如此严丝合缝，难免会从心底涌起一股崇敬之情。即便是他妻子，特丽莎婶婶，这个稍后前来寻找丈夫的女人也经常忍不住按下开关，好听一听那道尖厉、洪亮的声响，她从中分辨出丈夫过去发火时嗓门的音色。至于他女儿艾齐娅，应该说她对父亲的事业推崇备至。无可否认，后来她对我使坏，以报复我父亲的所作所为，当然那是另一个故事了。

2

日子一天天过去。下午越来越漫长，令人无所事事。多余的时间又生硬又徒劳又无用，让空虚的黄昏延伸至夜晚。阿德拉早已洗完盘子，清扫完厨房，正懒懒散散地站在阳台上，茫然望着深暮时分微微泛红的远方。她美丽的双眸，平常是那么善于传情达意，此刻却因为迷迷糊糊的沉思默想而神采尽失，这两只眼睛很大，向外鼓突，闪闪放光。她的皮肤在冬末时节被厨房的烟雾熏得发灰发暗，如今受到盈缺变换的月亮那春天潮汐力的影响而重新焕发了生机，散发着牛奶的光泽，皎洁如蛋白石，莹润如珐琅漆。她现在已将店伙计玩弄于股掌之上，可以凭一脸阴郁的神色使他们两腿发软，不再频繁光顾酒馆和妓院，并且，他们震惊于她一改旧观的美貌，开始另辟蹊径去接近她，准备妥协让步，以建立新关系，承认既定事实。

尽管父亲的实验承载了各种期望，它们还是没在日常生活里引发任何变革。把催眠术植入现代物理的肌体，此举是否成效显著尚无从证明。这绝不是因为父亲的发现毫无价值可言。真理难以确保某个想法获得成功。我们形而上的饥渴毕竟有限，并且很容易感到满足。父亲正站在轰动新发现的大门前，我们身为支持者和追随者却悄悄堕入厌倦与混乱之中。不耐烦的迹象越来越频繁冒头，更发展成公开抗议。我们天生反对基本的法则遭到削弱，不再期盼更多新奇迹，希望回归永恒秩序那古老、稳固、可靠的单调乏味。父亲理解这一点。他意识到已经走得太远，不再纵容自己的想象胡乱飞翔。于是优雅女子和卷须男子组成的信徒圈子一天天瓦解。正当父亲打算体面收场，准备发表他决定性的最终演说时，突如其来的新事件把所有人的注意力都吸引到一个完全出乎意料的方向上去了。

某天，哥哥放学回家，带给我们一个难以置信又千真万确的消息：世界末日即将来临。我们以为是听错了，让他再说一遍。我们没听错。这个消息匪夷所思，极其令人困惑，它虎头蛇尾，相当草率，随随便便就冒了出来，没有什么结论，没有达成任何目标，似乎意犹未尽，缺少句号或者惊叹号，既不曾经历神判，也不曾承受神怒。凭借绝佳的措辞，忠实地依据公理和共同认可的原则，它表明：世界将大难临头，直截了当，无可避免。不，这并不是古代先知所预言的悲惨末日，并不是《神曲》的最后一幕。相反，它仅仅是杂耍车手的热闹戏法、精彩魔术，及其故弄玄虚的实验，并且伴以所有进步精神的鼓掌叫好。几乎没人再持怀疑态度。那些受惊吓者和抗议者立即被声浪掩盖。他们为什么就不明白良机难得，这最勇于进取、自由思想的世界末日，与时代相契合，堪称荣耀，是在为最高智慧增添光彩？狂热的信念发生了动摇。大伙从笔记本上扯下一张张纸，凭亲眼所见[①]绘成草图，提供无可辩驳的证明，以此打击对手和怀疑论者。插画杂志上刊出了整页整页的图样，展现预言中场面恢宏的灾难。在闪光信号和天文现象交相辉映的璀璨夜空下，诸多人烟稠密的城市陷入恐

① 原文为拉丁文“ad oculos”。

慌。我们看到遥远彗星那令人惊叹的运行，它划出一道四平八稳的抛物线冲地球飞来，似乎高悬于中天停滞不动，其实正以每秒许多英里的速度逼近。如同在上演一场马戏团闹剧，高帽子和圆顶礼帽纷纷跃向半空，头发根根倒竖，雨伞自行撑开，秃斑暴露在不翼而飞的假发下方——万事万物皆散落于浩瀚、幽暗的苍穹底部，所有星体同时投下明灭闪动的警告光芒。

某种节庆氛围已逐渐渗入世人的生活，这样一股热情如饥似渴，我们的举手投足备显肃穆凝重，我们的胸膛因宇宙的叹息而鼓胀不已。晚间，在成千上万人庄严的喧嚣和共同的狂欢下，整个星球一片沸腾。暗夜广袤无垠。地球周围，无数天体构成的星云极为稠密，这些星团的排列组合方式五花八门，悬浮于漆黑的星域，将陨石尘埃播撒到深渊与深渊之间。我们迷失在这无限的太空里，脚下的地球几乎荡然无存。我们晕头转向，不辨方位，像是生活在地球另一面的人们，头朝下垂挂于倒置的穹顶之上，并追随星群的尾波，用舔湿的手指在繁星间来回比画，它们彼此的距离以光年计算。就这样，世人排成线形队列，混乱无序地漫游天空，散落在夜之无穷阶梯的各个方向——作为来自一颗废弃行星的移民，我们劫掠的星辰数量众多。最终的障碍瓦解了，骑手们直挺挺站在车上，驶入黑暗的太空，在星际的虚无里静静飞行，更多崭新的星座随之显露真容。他们循着一条轨道运转，开辟其不休不眠的宇宙学路径。实际上，他们已深陷在星空的昏昏沉沉之中，被煤烟所染黑，仿佛将自己的头颅伸进壁炉，而这正是他们的终极目标，是所有那些盲目飞行的终点线。

短暂、紊乱、半睡半醒的一天结束之际，夜晚敞开胸怀，有如辽阔繁盛的国度。街头人潮涌动，遍及广场，众多脑袋挤挤挨挨，好像一桶掀开顶盖的鱼子酱灼灼发亮，倾泻如闪耀的溪流，在群星喧哗的漆黑夜空下随处泛滥。楼梯在千钧重负下纷纷爆裂，每一扇窗户里都有痛苦不堪的身影。众人如同一根根火柴棍，立于游移的火种上，在梦游似的狂热里越过栏杆，组成活生生的链条，组成运动的集群和纵队，好像蚂蚁一样站在彼此的肩膀上。他们从窗户向外流淌，抵达广场的平台，因树脂桶的燃烧而光彩夺目。

我描述这些万头攒动、群声鼎沸的场景时，如果流于夸张，不自觉地效法那本记载人类灾难和惨祸的鸿篇巨制，还请诸位谅解。毕竟，它们统统笼罩着洪荒古远、夸诞无稽的气氛，这些场景的巨大悲怆向世人表明，记忆的永恒大酒桶，神话的原始大酒桶，我们已将其底部捣得稀巴烂，进而闯入人类出现之前的夜晚，它充满物质元素以及往世回忆的胡言乱语，于是我们再也无法遏阻那汹涌澎湃的洪流。哦，这些鱼塘似的丰饶之夜，遍布的繁星鳞片般辉闪！哦，诸多嘴巴的岸滩如饥似渴，不知疲倦地一小口一小口啜饮幽晦的大雨之夜那膨胀、残余的激流！千百倍增殖的诸多黑暗世代，正被拖进何种致命的陷阱里，落入何种悲惨的罗网之中！

哦，那些日子的苍穹，满是发光的信号和流星，它被天文学家的计算描绘过，被成百上千次探究过，用字母组合、代数式水印标注过。那几个夜晚的瑰丽蓝色把我们的脸庞照亮，遥远恒星的爆炸使天空搏动不已，繁星炫目，我们漫步其间，人群在横跨银河浅滩的宽阔道路上漂游，撒遍整个天宇，这条人类之河上方，自行车手操纵着他们状若蜘蛛的交通工具。哦，星夜竞技场，彻头彻尾是由天体演化、旋涡，以及灵动的骑行轨迹所镌刻而成。哦，旋轮线和圆外旋轮线，激情四溢地沿着天空的对角线运行，将金属辐条丢掉，毫不在意地抛弃闪闪发亮的轮圈，直奔赤裸的光明终点，除了纯粹而独特的循环原理你们一无所系！于是，那几天一个崭新的星座形成了，第十三组星辰自此永远纳入黄道诸宫，从这时起一直在我们的夜空中熠熠生辉：它就是车手座。

那些晚上，所有公寓都大门敞开，空空荡荡，灯盏剧烈摇晃。窗帘拂动，远远抛入黑夜。那一排排房舍矗立在包罗万象、无穷无尽的气流之中，后者在一道持续不断的尖锐警报声里穿堂而过。那是爱德华叔叔在发出警告。没错，他最终失去了耐心，冲破一切束缚，将明确无疑的使命踩在脚下，挣脱其高尚道德的严苛禁锢，发出警告。有人急急忙忙挥动一根长棍好让他安静下来，有人用厨房的抹布来堵塞他从不停歇的爆发。然而，即便遭受一连串压制，他依旧难以自持，非常暴躁，叮里当啷疯响无休。他已不管不顾，生命逐渐消逝在喧嚣声里。众目睽睽之下，他如狂似魔，流血不止，旁人根本没法施救。

有时候，某人会走进一间警报声骤然响彻的空屋子，置身于焰光四射的明灯之下。他踮着脚尖，朝大门里犹犹豫豫挪几步，又停顿不前，似乎要找寻什么东西，而镜子会无声无息地把他拽入它们透明的深处，默默瓜分此人的灵魂。爱德华叔叔仍保持最高音量，叫喊声穿过所有亮堂堂、空荡荡的房间，而那位众星的孤独逃亡者，满怀愧疚，好像是来做什么罪恶勾当，偷偷摸摸从那套公寓撤离，耳朵几乎被持续不断的铃响吵聋了。他朝房门走去，警惕的镜子一路相伴，队列闪闪发光，映出一大堆身影，它们同样惊慌失措，同样将一根手指放在嘴唇上，蹑手蹑脚各自逃散。

天穹广阔无边，布满星尘，又一次在我们头上展开。这样的夜空里，那颗可怕的彗星一晚接一晚地早早露面，悬在抛物线的顶端，坚定地冲着地球飞来，每秒钟跨越数千英里却无济于事。所有视线都指向彗星，它呈椭圆形，闪烁着金属光芒，球状内核更为璀璨，正以数学的精确日夜运行。这样一只小蠕虫，傻乎乎地辉耀于数不清的泛滥星辰之中，竟然就是伯沙撒[①]燃烧的手指，在天空的黑板上书写地球之毁灭。但每个孩子都知道如何记住那条致命的公式，其值域被多重积分符号的卷曲末端所限定，加上括号，最终结果指向人类无从脱逃的消亡。眼下还有什么能拯救我们?

那个宏伟的晚上，乌合之众四散奔逃，迷失于星辉星象间，父亲却仍然鬼鬼祟祟待在家里。只有他知道解困的隐秘途径，知道宇宙学的后门，并因此暗笑。爱德华叔叔继续绝望地发出警报声，嘴里塞着破布，而父亲默默把脑袋伸进壁炉的通风井。此处十分安静，漆黑一团，还能闻到温暖的空气和煤烟味，是父亲的庇护所与避风港。他气定神闲地闭上眼睛，舒适惬意，满怀欣喜。

---

① 公元前6世纪新巴比伦王国的最后一位统治者，尼布甲尼撒之子。

微弱的星光弯弯曲曲，来自屋顶上方的高空，源于繁星灼烂的夜穹，它钻进这套房子的黑色硬壳，仿佛穿过望远筒的镜片，在焦点处萌发光芒，在烟囱那蒸馏器式的昏暗曲颈内生长。父亲小心翼翼地拧了拧仪器的旋钮，于是可怖的景象在他视野中缓缓显现，它澄湛如月，因透镜的放大效果而触手可及，具备石灰岩雕像的质地，颇富弹性，在星际空间的阒黑里荧荧闪耀。它似乎一脸稀稀落落的麻子，身染瘰疬，可视为月球的兄弟——失散的双胞胎兄弟，它经过千年漫游，如今又一次投入地球母亲的怀抱。父亲将彗星拉近他向外鼓突的眼睛：它遍体孔洞，如同一块瑞士奶酪，呈浅黄色，闪亮夺目，外壳布满白如麻风的斑点。父亲一只手按住望远筒的旋钮，被穿过目镜的光芒射得眼花缭乱，他冷冷注视那颗石灰质天体，在它表面看到一幅病恹恹的杂乱画面，恶疾从内部噬咬它，蠹虫钻透它生蛆的劣质地层，形成弯弯曲曲的隧道。父亲打了个寒噤，意识到自己的错误：不，那根本不是瑞士奶酪！很显然，它是一颗人脑，是一颗完完整整、结构繁复、经过解剖的大脑！父亲可以清晰地瞧见它诸多层次的边缘，以及它卷状的脑灰质。望向远处，他还能在这个半球的复杂地图上读到东奔西逃的细小铭文。该大脑似乎已经用氯仿麻醉，陷于睡眠，并在梦中幸福微笑。父亲穿透混乱的表层图画，抵达这微笑的核心，继而一眼瞥见那抹现象的本质，于是也冲自己笑了笑。在我们万分熟悉、漆黑如煤灰、位于角落的烟囱里，谁知道可能会发现什么！透过卷状脑灰质，透过隆起的颗粒物，父亲看到一个胚胎的轮廓，看到典型的大头朝下姿态，以及脸庞前方的小小拳头，它在清澈的羊水之中颠倒地幸福沉睡。父亲离开了，任由它保持原状。他站起来，如释重负，关上通风井的小门。

目前顶多就这样。然而，世界末日究竟发生了什么？在如此雄伟而高雅的序曲之后，那辉煌的终局将会是何等景象？父亲垂下眼睛，笑而不语。难道计量结果不正确，是加法运算发生了微小差错，或是抄录数字时印刷有误？根本没这回事。计算很精准，众多数据并无错漏。所以问题到底出在什么地方？请君听来。这颗彗星仍在奋勇前行，犹如一匹雄心勃勃的骏马纵蹄狂奔，想要率先冲线。而赛季的风尚与之保持同步。它一度引领潮流，将自己的方式和名字赋予时代。此后，两道勇敢无畏的运行轨迹开始并驾齐驱，以强大的冲劲比肩驰骋，而世人的心脏也伴随它们跳动。但风尚以一鼻之距反超，并逐渐把那颗不知疲倦的火流星甩开。正是这一毫米决定了彗星的命运。眼下它已劫数难逃，永远无法再迎头赶上。如今世人的心脏紧随风尚的步伐跳动，慢慢将这颗非凡的流星抛在身后。我们漠然望着它越来越苍白，越来越渺小，终于无可奈何地挂在地平线上，斜斜飞向一旁，在它弧形的轨道上徒劳尝试最后一次拐弯，遥远而忧郁，再也不能造成危害。它在这场竞争中遭到淘汰，鲜活的力量已经耗光，没人会关注惨败者。它孤零零地飞行，在冷漠的宇宙之中静静消逝。

大伙耷拉着脑袋，重新专注于各自的日常琐事，它们因为一次失望而变得丰富多彩。宇宙的图景匆匆收起，生活回归其平凡路径。那些天，我们日以继夜地连续睡觉，以补偿先前的失眠时间。大伙并排躺在漆黑的房间里，沉沉睡去，被自己的呼吸拽入那无星之梦的轨道。我们就这么飘来荡去，随波起伏——尖啸的肚皮、风笛、长笛，在没有星光的闭合夜晚，在崎岖不平的地面上，以悠扬的鼾声开辟道路。爱德华叔叔陷入长久的沉寂。其绝望的警报声仍然在空气中回响，但他本人已经死透，伴随那场迅猛的爆发，生命离他而去，电路断开，他毫无阻碍地踏上越来越高远的不朽阶梯。昏黑的公寓里，父亲独自守夜，悄无声息地游荡于充斥着美妙睡眠的众多房间。有时候，他会笑眯眯地打开烟囱的通风口，窥视其幽暗的深渊，那儿有一个微笑的小矮人永远沉浸在自己光明的梦寐中，封闭在一只玻璃瓶中，身边满是霓虹灯般浓郁的光芒，而结局已经注定，它被抹去，被锉平，在天空的宏大档案库里另行造册登记。

祖国

历经许许多多命运的沧桑坎坷——本人无意在此详加描述——我终于抵达异域他乡，来到一个我年轻时热烈渴慕的梦想国度。但是，这昔日的愿望已达成得太迟，现实情况跟我过去想象的样子大相径庭。我不是作为一名胜利者，而是作为一名备受生活摧残之人踏足此境的。这个我曾经向往的凯旋国度，如今已变成可悲、可耻、渺小的灾难之地，其间我接二连三地放弃了足以自傲的高贵理想。我疲惫不堪，竭尽所能打捞它们，我凄惨的人生濒临崩溃，仅仅为了活下来而奔命。受到无常运数的驱赶，我最终来到这座普普通通的外省小镇，在我青年时代的梦中，此处应该矗立着一栋别墅，那是一位德劭年高的大师为抵挡俗世喧嚣而建造的避难所。实际上，我并未留意宿命所隐含的嘲讽，本想在那儿待上一阵子，躲入这个庇护之地，如果有可能，甚至会在该镇过冬，直到又一个事件的风暴降临。眼下，我不再关心命运将把我引向何方。这个国度的魅力对我而言已无可挽回地消亡了。我苦恼、憔悴，只渴望避世离俗。

然而事与愿违。我似乎走到了一个人生的岔路口、一个命数的奇异转捩点，我的生活出乎意料地开始稳定下来。我有某种感觉，似乎进入了一道欢快的激流之中。无论辗转到什么地方，我始终觉得自己的处境似乎早已设定。人们总是立刻停下手头的事情，好像一直在等候我到来，而我看到他们的眼睛里闪动着不由自主的殷勤之意、毫不犹豫的沉毅果决，外加竭诚为我服务效劳的热情，仿佛受命于某个更高的权威。当然，这只不过是幻觉，源自我所处环境的机缘巧合，以及偶然性灵动的手指将我命运的丝线高明地加以编织，它们始终在引导我，使我犹如恍惚的梦游者般穿过一个又一个事件。几乎没时间困惑踌躇。伴随我命运里令人愉快的转折而来的，是一种恬淡的听天由命、一股惬意的被动消极，是一份信赖，它指示我向那些事件的引力举手投降，毫不抵抗。我能体验到这一切，但感应微弱，如同长时间遭遇漠视的需求得到了抚慰，如同一位饱受排挤、没人欣赏的艺术家无穷无尽的欲望收获了深刻的满足。最终，我的才华在此为世人所承认。我原本仅能找到一份在咖啡厅演奏的工作，但很快就变成该镇交响乐团的第一小提琴手。艺术爱好者的排外圈子向我伸出橄榄枝，而且似乎是依据某条古老的律法，我进入了这个最优秀的团体。——我，此前一直在人间底层过着居无定所的卑微生活，是一个躲在社会大船甲板下面的偷渡者。我的种种激情，好似压抑而叛逆的狂放自负，在我灵魂深处不见天日，痛苦地存在着，如今迅速取得合法地位，过上它们自主的生活。篡夺与徒劳索求的痕迹从我眉宇间消退一空。

我采取简明扼要的方式讲述这一切，以适应自己命运的总体面貌，避免探究那份奇异职业的诸多详情，因为所有这些个经历其实统统是我即将谈及之事的铺垫。不，本人的运气绝非大伙猜想的那样，多得耗不尽花不完。我只不过是久久沉浸于深邃的安宁与必然性之中。而作为一名经验丰富的面相师，本人已经被生活磨炼得对它脸庞的每一次抽搐都十分敏感，因此上述信号使我怀着深深的释然认识到，这一回生活并没有掩盖什么不可告人的意图。此番好运是持久而稳固的。

我整部一贫如洗、无家可归的历史，我从前不为人知的窘困状态，已全然远去。它们匆匆退离，犹如一片在夕阳余晖下歪歪斜斜的陆地最后一次从迟暮的地平线上方升起，而我乘坐的火车转过最后一个弯道，爬坡冲向夜晚。面对未来，热烈丰盛、令人陶醉、轻烟缭绕的未来，我满心狂喜。至此，我必须提到一个极端重要的事实，它为这个饱含希望和幸福的时代加冕，使之趋于完美，那就是我遇到了伊丽莎，经过短暂而疯狂的追求，我得以娶她为妻。

本人的好运充裕而又稳定。我在歌剧院的地位不可动摇。交响乐团的指挥，佩莱格里尼先生，非常器重我，并且在所有重大决策上都向我咨询意见。他是一位快要领退休金的老者，与歌剧院的管理层、本镇的演奏人员已商定，等他一退休，指挥棒就立即交到我手上。大师身体抱恙时，或者当他这个优雅的老绅士觉得某些新曲子构不成挑战，无法与他自己的灵魂相匹配时，我曾数次拿起指挥棒，代他主导每月举办的音乐会或者歌剧。

我们剧院薪水之高，在国内首屈一指。本人待遇优渥，足以过得舒坦安逸，甚至相当奢侈。我们的两三间房子由伊丽莎按照她自己的品位来布置，反正我在这个方面完全没什么要求，也缺乏见地。而伊丽莎很热衷于此类事务，尽管她总是不停改变想法，然后提起献身于更崇高事业的劲头去贯彻实施。她跟供货商的争执无休无止，英勇地挑剔货物的价格和质量，并且在这个领域连战连捷，不过她没有从中获得一星半点自豪感。我以溺爱的眼睛看着她奋战，同时又不无忧虑，犹如看着一个孩子在悬崖边放肆玩耍。想一想，我们与成百上千的日常琐事搏斗，以此塑造自己的命运，这是多么天真幼稚！

至于我，如今幸福地停泊在平静的河湾内，最想做的事情莫过于找机会放松一下自己的警惕之心，避开旁人的目光生活，偷偷摸摸抓紧自己的幸福，并且在不引起人们注意的情况下抽身离开。

命运的垂青让我在这座小镇里找到了如此沉静怡人的港湾。当地因其古老而庄严的大教堂闻名遐迩，它矗立在一道高高的山脊上，与居民的住宅分开。镇子在这儿戛然而止，再往前便是峭壁和危岩，覆盖着葱郁成林的桑葚树和胡桃树，可以从那里眺望辽阔的远方。此处是一片白垩质巨丘组成的高地，这最后的、日渐消失的庞然大物，拱卫着该省广袤无垠的明亮平原，暖风从西方吹来，涌进它敞开的怀抱。镇子沐浴在温柔的气流中，享受着甜美而宁谧的天候，似乎在一个更大的范围之内创造出它自己的微型气候圈。这儿终年吹送着和煦的微风，缓缓淌入秋天，延绵不绝，充满韵律，仿佛明朗的空气湾流，处在无所不至、千篇一律的柔风里，香甜如渐渐消逝的记忆，如幸福的遗忘。

那座大教堂，在几个世纪当中被彩色玻璃窗的珍贵迷雾装饰得美轮美奂，它不断增殖，经过一代又一代人七拼八凑地镶嵌以宝石明珠，如今吸引着全世界的众多游客。你一年四季都能看见他们手里捧着旅行指南，在小镇的街道上奔来跑去。正是他们占据了我们旅馆的大部分房间。正是他们，为了猎奇把我们的古玩商店和旧书铺扫荡一空，把我们的娱乐场挤得水泄不通。他们从遥远的世界带来海洋的气息，时不时还带来实施宏伟计划的奇思妙想，以及发财致富的巨大热忱。偶尔会发生这样的情况：有些人爱上了本地的天气、大教堂，以及我们的生活节奏，便留下来寄住很长时间。他们逐渐适应这里的环境，纷纷在小镇定居。另一些人选择离去，带走了他们的妻子——本地商贾、工厂主和餐厅老板的漂亮女儿。由于上述纽带的存在，镇子吸引到不少外资，产业一片繁荣。

总之，我们小镇的经济很好，多年来一直没发生震荡或危机。我们基础稳固的制糖业以其甜蜜的大动脉供养着全镇四分之二的居民。让当地人引以为傲的，还有历史悠久的著名瓷器厂。它的产品专供外销。这些瓷器出自我们艺术学校的青春少女之手，散发着象牙光泽，绘有大量教堂和小镇图案，每个回家的英国旅客无不觉得，能够将它们分门别类摆上餐桌，是一件脸上有光的事情。

另外，本镇正如这个国家的其他许多市镇一样，既富足又兴盛，既节俭又强于经商，既适度追求悠闲的生活，又颇有布尔乔亚的奋发惕厉之风，既雄心勃勃，又讲究实际。女士们的穿着打扮，几乎一律是大都市的奢华格调。男士们则效仿首都的时尚，借助于几家夜总会和俱乐部竭力维持一种模糊难言的夜生活。扑克游戏大行其道，甚至连女士们也乐此不疲。大伙几乎每个晚上都打牌，当一天行将结束，我们总是坐在某个朋友的漂亮房子里，在牌桌上玩到三更半夜。这件事伊丽莎同样十分喜好。我妻子辩解说，之所以那么爱打牌，是因为她很注意保持我们的社会地位，而只有经常抛头露面，影响才不至于降低。但实际上，她只不过是沉迷于这种无须动脑、低度刺激的消遣方式。

我经常注意到，她彻彻底底投入牌局的变化跌宕之中，兴奋已极，脸颊泛起阵阵红晕，眼睛灼灼闪亮。在灯罩下方，台灯柔和的光芒洒向桌面，围坐的牌手们全神贯注，将自己的一手纸牌搓成扇形，在想象中追逐运数的虚幻踪迹。我几乎能看到幸运之神令人迷惑的身影，它受到屋内紧张氛围的召唤，差不多完全可见地浮现在这位或者那位牌手背后。房间里越来越安静。有人不时说出一两个词，预示着蜿蜒曲折的运程即将转变。而我一直在等待寂谧而狂热的迷乱把所有人的意识攫住，等待他们丧失记忆并且不再动弹，僵然瘫倒，仿佛牌桌在其身前旋转，那么一来，我便可以悄悄逃离这个魔幻的领域，沉入自己孤独的思绪之中。有时候，我从桌子旁站起，设法在没人注意的情况下摆脱牌局，无声无息地退入隔壁房间。那里一片昏暗。唯有远处的路灯把光亮投射进来。我脑袋靠着玻璃窗，以这个长久姿势站立，沉思冥想……

公园茂密的秋林上方，晚穹由一道红光朦朦胧胧地照亮。惊恐的乌鸦在饱受摧残的树林里醒来，被虚假的黎明征兆所误导，疯狂地哇哇鸣叫，并成群结队吵闹着振翼疾飞。它们在混乱之中徊翔，令发红的暗空充满喧嚣和鼓翅的动静，弥漫着茶树和落叶的苦涩芬芳。鸦群扑啦扑啦掠过整个天空，盘旋和飞行所制造的聒噪渐趋微弱，它们徐徐下降，落在稀疏的林地间，烦躁不安，凑合着聚到一起，满含焦虑、哀怨，以及隐秘的叽叽咕咕。它们慢慢地安静下来，不再骚动，逐步与荒芜衰败的静谧窸窣融为一体。幽远的深夜又一次开始自我重建。几个小时过去了。我灼烧的前额紧贴窗格，我感觉到，我知道，如今没什么灾病能够把我击倒。我已经找到自己的港湾和庇护所。往后我将迎来很长一段沉甸甸的幸福年月，这是衣食无忧、好运连连的快乐时光，伴随最后几声甜蜜、肤浅的叹息，我的胸膛溢满欢欣，停止呼吸。我很清楚，终有一天，死亡，充裕丰足的死亡，势必张开双臂接纳我，正如它对待所有生命那样，而我将全然满足地躺在本地优雅清静、绿草如茵的墓园里。我的妻子——寡妇的黑纱把她衬托得多美啊——会在明媚、静谧的上午给我带来鲜花。低沉而浑厚的音乐，这恢宏序曲哀恸、肃穆、轻柔的章节，将从无边无际的最深处升起。当它从底部扩展开来，我能够感受到它强烈的韵律。我扬起眉毛，凝望某个远点。我觉得自己的头发缓缓直立。我全身僵硬。我在聆听……

一阵越来越响亮的喧嚷把我从昏沉中唤醒。众人在哈哈大笑，打听我上哪儿去了。听到妻子的声音，我走出自己的避难所，步入灯盏通明的房间，眯着仍未适应光亮的双眼。客人正要离开。主人站在门廊上，祝他们晚安。双方互致临别的问候。最终，我们独自走到夜晚的街头。我妻子调整她灵活、轻松的步点，以便跟我保持一致。我们惬意地一同前行。抵达这条上坡路的顶端时，我妻子微微低头，两脚踢着街道上窸窣作响的枯叶地毯。因为好运的眷顾、酒精的力量，她在牌局结束后仍神采奕奕。她一向热衷于女性的小算盘，根据我们之间的默契，她完全容忍我那些不负责任的走神行径，而且对我所有的认真批评大发雷霆。我们进入公寓时，黑暗的地平线上方已经能看见一抹黎明的绿色条纹，屋内收拾得洁净整齐，飘浮着一股热烘烘的怡人芳香。我们并未开灯。远处一盏路灯的光芒穿透网状窗帘，将银色图案印到对面的墙壁上。我没脱衣服，坐在床边，默默抓住伊丽莎的手，握了好一阵子。

随　笔

传奇的诞生

传奇是崇高可以被人理解的必要保证。它是人类精神对伟大的回应。

当我们谈论普通人，谈论他们平平凡凡的作为，运用心理学，或者现实主义的叙述手法，便已足够。许多人坚称，它是开启世俗生活的钥匙，将揭开万事万物的谜底。这也恰恰是平庸时代的信条。乐观精神乃是新时期的宗教信仰，它从不知崇高为何物，因为崇高在世界地图上分布得如此稀疏，如同广阔戈壁滩上散落的金块。针对崇高的怀疑为人类精神所固有。我们有某种卑小的意识，它不断地磨损、噬咬、侵蚀直到崇高之岩碎裂成七棱八瓣……这便是卑小意识从无间断、热情饱满的隐秘工作。在一个人通达世事之前，他必须首先变低变弱。而获得认同的热情、模仿的热情，是一股原初的力量，是人类的本能。它蚀穿崇高，将其摧毁；历史因此布满蚁冢和废墟，累累全是崇高的荒冷坟茔。

心理学很庸俗，它相信单调一致，相信蚁群的灰暗规律。

十九世纪已将最后的伟人迅速摧毁，心理学的时代接踵而至，好比一个无穷无尽、阳光充足而沉闷乏味的白天。人类如释重负地深深一叹，信誓旦旦说它将使伟大者灭绝。它不容许他们存在。而卑小意识已开始复位。伴随一阵解脱的轻快感觉，平庸重新得以建构，智识主义、理性主义大行其道。生活的所有领域无不遭到分割、分配，置于调控之下。崇高被宣布不再为世人所需，其荒诞无稽已公之于众，而一个客观的历史进程摆上了台面，它充斥着表格和统计数据，理解历史的钥匙不难在其中觅得。

因此，当一份静悄悄的崇高缓慢地、难以察觉地来到我们中间，当第一条消息像无声的闪电那样传开，大众最初的反应是拒不承认，是对它关闭商铺，各自以信用卡付账。

至于那些塑造崇高之人，群众必公然反对，假如这份崇高蔑视世俗的诱惑，不事纵容、迎合或许诺，则更将如此。要想忍受崇高，你必须首先爱上它，可是谁会毫不犹豫地接受自我奉献、不问收获、炽烈而狂热的爱？谁会独力承受它无比沉重的负担，直至永远？

★ ★ ★

当崇高步入历史的竞技场，支配普通流程的法则便暂时搁置。心理学和唯理论，此类将事物简单化、辅助人们理解的手段工具，统统变成哑炮，满是裂痕且毫无用处。智识退避三舍，投降认输。

崇高之法则打破了日常的思维方式。若想领悟它们，必须返回我们意识的最深层。而意识搭建的临时结构，其权宜之计，或曰可靠的老办法，即为传奇。它是浪漫文学第一个醒目、暂定的标题，而人性正是浪漫文学所孕育的。神圣领域的分野很清楚，神庙和圣所雄踞其间，堪称民族之卫城。在此地界竖起了一根纪功柱，上面的铭文是：传奇。

★ ★ ★

崇高的实质使其本身呈现为巨大的自我悖逆。我们站在成堆矛盾、冲突和匪夷所思的东西面前，但我们认识到，唯有从意义的角度展开观察，它们才会贴上否定的标签，而从另一个侧面、未知的侧面看去，这些矛盾冲突却能够实现最高的和谐、理性以及积极性。转化成通俗语言，我们应大胆运用“不”字这一标识去解释它们，运用否定句去加固它们的基座。有一种东西，尽管它比世界上任何事物更完整，更难以分割，我们仍必须将其剖开来看，再煞费周折使各部分重聚为一体。

因为怎么可能有一个人，比整个民族更深邃更广博，将它涵盖于他自身之内？怎么可能有一位民族之子，他同时又是该民族的父亲和创造者？崇高是权力意志？是超人的万丈雄心？是篡夺僭越，还是禁欲主义的卑下谦恭、恬退隐忍、彻底的自我牺牲？崇高是骄傲，是对大众的轻蔑，还是最温柔的爱意与渴慕，或者恰恰是在这份崇高之中的孤独、自足和忧郁沉思？它是共同体最伟大的团结精神？是讲求实际？是庄严神圣？我们意识到，依据某些更深层次的法则，这些成双成对相互矛盾的事物并没有将彼此消灭，而是在更高层面上构成一个总体。这一课极为关键。一项重大的任务摆在政治家、战略家、历史学家、道德学家面前。专家们将共享这一领域，把它划开，分配，用各自的准绳加以丈量，步入并穿过那些超凡的维度。

★ ★ ★

拿破仑完全融入自己的行动；他转化为这些行动；他消失在它们中间。他是这样一种伟大才能的表率：将一个人的全部潜力投入物质界，抽身离开时什么也不剩。在那特殊的时刻，他将自己添注到积极能量之中，并主导事件的发展。他是一股处在诸多力量之间的自然之力。

然而，伟人比他的所作所为更伟大。

他不包括在任何作为里面。他是个神妙莫测的庞然大物，位于它们外部。他并不耗尽自己的储备，似乎是要保存实力，以便派上更大的用场。他存在之核心，即力量，从不枯竭；他到处散播其力量，它犹如一朵云漂浮在波兰上空，留存久远。

他的历史使命才刚刚开始。

拿破仑无处不在，无时不在，好像一束绚烂的烟花，唯有一个使命，那就是彻底绽放。对另外某个领袖而言，行动并不是终极目标。他犹犹豫豫，手脚沉重，勉为其难，只有万不得已的时候，才会允许自己遮遮掩掩地施展些堪为表率之举。道德的力量，比行动的生命力更长久，对这位领袖来说也更为重要。他将其贮藏在民众之中，将自己力量的永久资本首先积存于自身。因此他成长于所有人的视野之内。这位领袖把崇高一肩挑起，把它投到自己身上，这无疑是最安全的地点。他竖起雕像。有一天，当其崇高最终完成，他悄悄离去，不发一语，仿佛它们无足轻重，他沿途留下自己的伟大卓绝，永远保持自己的面貌。

而拿破仑仅仅代表他本人。他将历史披到身上，如同披上一袭华贵的长袍，并由此在自己的生涯当中创造了一系列辉煌的业绩。他权力的特点是与传统脱钩，不受过去的阻碍。

其他领袖源于历史的穹顶，源于坟墓，来自过去。拿破仑却融进吟游诗人的梦想，他在诗人的视野中朦朦胧胧，并承载了诸多世代的殉难牺牲。他延续这一切。他将往昔抛诸脑后，犹如丢弃一件覆盖整个波兰的巨大斗篷。

终其一生，他的脸庞大概总是极富个性。当然，他身边的人们熟悉他的微笑、蹙眉，以及转瞬即逝的容光焕发。从远处看，我们发觉他的个人特征日渐淡薄、模糊。它们由数百张过去的脸庞所组成，发散着更伟大、更恢宏特征的内在光辉。

弥留时，永恒越来越近，那张脸庞的梦想从记忆中脱离出来。它走过一排脸庞的队列，越来越苍白、散逸、光彩照人，最后，在这一大堆梦想里，它选定其中一个，并固化成自己的终极面具——那张波兰的脸孔，直到永生永世。

现实的神话建构

现实的本质乃是意义。对我们来说，无意义的事物皆为虚妄。现实的每一个片段之所以存于世间，是因为它们无不与某种普遍的意义相联系。古代的宇宙起源论以下述句子表达这一观念：“太初有道。”未命名之物于我们并不存在。赋予某物名称，意味着使它融入普遍真义之中。孤立的、马赛克式的语言是新近的产物，全拜技术所赐。原初的语言，实为一道幻象，意义之光环绕四周，是一个宏伟的、全面的整体。在今天的通俗意义上，语言仅仅是一枚碎片，是一则古老悠远、包罗万象、完备圆满的神话之雏形。因此，它仍旧有可能再次生长、萌发，充实以本身的全部意义。语言的生命力系于它不断延伸拓展，发散为数以千计的联想，犹如传说中断作许多截的巨蛇，分离的段块在黑暗里互相寻觅。历经千百倍增长而依然保持统一的语言有机体，分裂成独立的短句、字母和语音，并以此等新形式服务于实际需求，降格为我们传情达意的手段。语言的生命形态及其发展路径，已转入新轨道，日常活动的轨道，受制于何谓准确的新见解。但是，当限制实践的禁令多多少少能放松约束，当词语挣脱桎梏，自行其是，恢复自我立法，那么在它内部将产生一次回潮、一股逆流，语言将寻求它往昔的组合方式，并重新富有意义——语言这一返璞归真的趋向，它对本源的渴望，它回到言说故乡的欲愿，我们称之为诗。

诗，由词语间意义的短接回路所构成，是原始神话的迅疾重生。

使用日常词汇时，你我已经忘记，它们是那古老而永恒的故事的残片，已忘记我们如野蛮人一般，正在用神像的断砖碎瓦来建造家园。我们最精准的概念和定义不过是古代神话和史诗的遥远旁枝。我们所有的思想，无不源自神话，源于经过变形、拆分、重塑的神话。精神的首要功能是讲故事，是编造故事情节。人类知识进步的动力是，它坚信在研求探究的尽头，将找到世界的终极意义。它在人工堆垛和脚手架的顶部寻找意义。但是，建设所选取的原料，以前也曾使用过，它们来源于遭到遗忘的、散佚的“故事”。诗是对遗失意义的预见，它让词语各归各位，使之重新与从前的意义相符。在诗人手中，语言可以说展现了它们的本质意涵，遵循自身的法则，自发地蓬勃生长，再度完美无缺。所以任何一首诗均是一次书写神话的行动，致力于创造有关这个世界的神话。将世界建构为神话的过程仍未终结。它只不过是受限于知识发展，被推入旁径，它在此生存，无从理解自己的真义。然而，知识也无非要建造关于这个世界的神话，因为神话包含在所有元素之中，我们不可能跳脱神话。诗以未卜先知的、推理演绎的方式找到世界的意义，全赖非凡而大胆的捷径并求取近似值。知识则以归纳的方式追寻同一个目标，讲究方法，将全部经验材料都纳入考量范围。说到底，两者殊途同归。

人类精神始终不倦地利用神话为生活增添光彩，使现实富于意义。语言本身，依循自身规律，受到意义的吸引，不断趋近意义。

意义是将人性导入现实进程的要素。这绝对是一个不争的事实。它无法生成自其他任何事实。为什么某些事物对我们有意义，这很难说得清楚。理解世界之意义的过程，与语言密切相关。言说是人类形而上的器官，可是随着时间推移，语言日趋僵化、固化，不再传导新意义。借助词语聚合所形成的短接回路，诗人恢复了语言的传导功能。数学符号是语言的扩展，以便进入新领域。另外，图像也产生自原始语言，后者尚未演变为一个个字符，而依然是神话、史诗，或者说意义。

当前，我们仅仅把语言视作现实的投影和映射。相反的观点会更准确：现实是语言的倒影。哲学实际上是语言学，是对语言深刻的、创造性的探索。

来自布鲁诺·舒尔茨的创作室

我接下来的作品将是一本四个故事的合集[①]。一如既往，它们的主题无可言传，系出偶然。我想了些标题，但它们是属于我私人的，仅限内部使用，不宜示人。比如，有个故事的主旨——效法约卡伊[②]——适合"剑套的行军"[③]这么一个标题。

当我不由自主从内心找到某种最原初的动因，即真正的主题，而它又非常难以言喻，远远超出诗文谋篇布局的范畴，那么应如何讲述该主题？此过程有它自己的机制，有它独特的氛围，以决定采用哪些材料，怎样建构，次序怎样排列。这一隐秘的结晶越难表述，昼思夜想的程度就越深，对提问的回答就越平淡无奇，想把它用适当材料加以呈现的欲望就越强烈。例如《鸟》最初的

---

① 这些故事从未公开发表，是作者丢失的遗稿。

② 约卡伊（Mór Jókai，1825—1904），匈牙利小说家。

③ 原文 Porte-Epée 是法语单词，指一种将佩剑系于腰间的配具，也指一类剑尾鱼，要弄清其准确含义，需依据作品内容，但该文已佚。

构思冲动来源自一阵明亮的震颤、房间里昏暗墙纸的一次搏动，仅此而已。这些搏动大量存在于潜在的叙述之中，存在于唤醒回忆之处，存在于永恒之共鸣里，它们宣布自己有能力表现这个世界。而《春天》象征着一本集邮册，耀眼地据于我幻想的中心地带，以无可名状的暗示而熠熠生辉，使技法充满创新的力量。

这个动因，尽管有赖于诉诸文字，但它提供了一种必要的情感。它掌控情节，确保方方面面合情合理。如果缺少这一支撑，我将饱受疑虑的折磨，我会觉得自己的故事是一篇伪作，无缘无故，纯粹是瞎编乱造。

我发现自己越来越喜欢无法用言语转述的主题。这一悖论，亦即主题的不可捉摸、主题的缺乏，与记述万事万物的无上冲动之间的张力，乃是最无可抗拒的创作诱因。

我说不准这些故事何时付梓。由于没法利用大部分边边角角的光阴，我必须把定稿的日子推延到休假。

译后记

翻译本书主要依据 John Curran Davis 的英译本，内容包括小说集《肉桂色铺子》的十五个短篇、《集外》的四个短篇，以及布鲁诺·舒尔茨的两篇随笔《传奇的诞生》和《现实的神话建构》。

创作谈《来自布鲁诺·舒尔茨的创作室》则译自 Louis Iribarne 的英译本。

翻译《肉桂色铺子》的十五个短篇和《彗星》时，参考了 Celina Wieniewska 的英译本。翻译《秋天》《梦想共和国》两个短篇时，参考了 Louis Iribarne 的英译本。翻译《现实的神话建构》时，参考了 John M. Bates 的译文。

本书还参考了林蔚昀、施奇平、杨向荣的中译本。

最后，本书全文根据 Zielona Sowa 出版社 2010 年出版的波兰语版本，以及布鲁诺·舒尔茨作品网站（http://www.brunoschulz.org）的波兰语原文逐句校订。这一过程中，译者几度求助于波兰语翻译家林洪亮先生，请教过不少疑难问题，林老先生逐一认真解答，对修订译文辅益良多，译者在此向林老先生表达最诚挚的谢意。

综合比较多个英译本，译者认为，John Curran Davis 的英译本更忠实于原文，但词句繁难。Celina Wieniewska 的英译本更清浅易懂，但行文时有省略或改动原意。Louis Iribarne 的英译本与 John Curran Davis 的英译本接近，句式讲究长短搭配。

无论是 John Curran Davis 的英译本，还是 Celina Wieniewska 的英译本，皆未严格按照原文的格式划分段落，断句也多有差别，而且均存在不少脱漏，Celina Wieniewska 译本的情况尤为严重。因此本书划分段落、断句，以及修订内容时，仔细参照了 Zielona Sowa 出版社的波兰语版本。

本书的编辑出版要感谢朱岳先生的大力支持和辛勤劳动，在他的帮助下，这本译作得以完善并最终面世。还要感谢我妻子丁玎，她最先通读译稿，并提出修改意见。译文不妥之处，还望方家指正。

陆源

2016 年 9 月 25 日于北京

图书在版编目（CIP）数据

肉桂色铺子及其他故事 /（波）布鲁诺·舒尔茨著；陆源译 . -- 成都：四川人民出版社，2017.9（2021.1 重印）

ISBN 978-7-220-10341-4

Ⅰ . ①肉… Ⅱ . ①布… ②陆… Ⅲ . ①短篇小说—作品集—波兰—现代 Ⅳ . ① I513.45

中国版本图书馆 CIP 数据核字 (2017) 第 225176 号

ROUGUISE PUZI JI QITAGUSHI

肉桂色铺子及其他故事

著　　者	［波兰］布鲁诺·舒尔茨
译　　者	陆　源
筹划出版	后浪出版公司
出版统筹	吴兴元
责任编辑	刘姣娇
特约编辑	黄杏莹
装帧制造	墨白空间·张静涵
营销推广	ONEBOOK
出版发行	四川人民出版社（成都槐树街 2 号）
网　　址	http://www.scpph.com
E - mail	scrmcbs@sina.com
印　　刷	北京天宇万达印刷有限公司
成品尺寸	143mm × 210mm
印　　张	6
字　　数	118 千
版　　次	2017 年 11 月第 1 版
印　　次	2021 年 1 月第 4 次印刷
书　　号	978-7-220-10341-4
定　　价	29. 80 元

后浪出版咨询(北京)有限责任公司常年法律顾问：北京大成律师事务所　周天晖　copyright@hinabook.com

本书若有质量问题，请与本公司图书销售中心联系调换。电话：010-64010019